Richard Swartz

Wiener Flohmarktleben

Aus dem Schwedischen
von Verena Reichel

Paul Zsolnay Verlag

1 2 3 4 5 19 18 17 16 15

ISBN 978-3-552-05739-5

Satz: Eva Kaltenbrunner-Dorfinger, Wien
Druck und Bindung: GGP Media GmbH, Pößneck
Printed in Germany

FSC
www.fsc.org
MIX
Papier aus verantwortungsvollen Quellen
FSC® C014496

»An Stradervarius is es net!«
(Stimme auf dem Wiener Flohmarkt)

Ein Teppich für den Flur musste her, ungefähr drei mal eineinhalb Meter, und ich fand einen auf dem Flohmarkt, in einem Muster gewebt, das auf den Kaukasus und ein gewisses Alter schließen ließ, hier und da ausgeblichen und überholungsbedürftig, trotzdem genau das, was ich suchte.

Aber wir konnten uns nicht auf den Preis einigen. Der Händler war barsch und unerbittlich, ich geizig und genauso starrsinnig. Bald mussten wir wieder von vorn beginnen. Erneut bemühten wir uns, bis wir das Hin und Her satthatten. Es war vergeblich. Also gaben wir das Schachern und Feilschen auf und legten stattdessen eine Pause für einen Ausflug ins Private ein.

Der Händler war in meinem Alter, ein russischer Jude aus Leningrad. Vor bald vierzig Jahren war er zusammen mit seinen Eltern, inzwischen verstorben, nach Wien gekommen. Hier war er geblieben, statt später nach Israel, New York oder Rom weiterzureisen. In Wien vermisste er nichts, bis auf das Wasser im Leningrad seiner Kindheit, heute Sankt Petersburg. Wien liegt ja nicht einmal an der Donau. Aber dem Russen zufolge kommt keine Stadt, die ihren Namen verdiente, ohne Hafen und Schiffe aus, ohne

Kais und Sturmmöwen in der Luft oder auf Wellen schaukelnd, die im Sonnenschein von fettem Altöl glänzen.

Dass eine so große und historisch bedeutungsvolle Stadt wie Wien kein Wasser hatte, war seine erste Enttäuschung im Westen und schwer zu verkraften. Manchmal machte das Fehlen des Wassers ihn immer noch verlegen, als müsste er sich persönlich für die Stadt schämen, die eher zufällig als absichtlich seine neue Heimat geworden war.

Der Vater, Bibliothekar in der Leningrader Stadtverwaltung und kurzsichtig, hatte alles Deutsche geliebt. In der Familie war er der Einzige mit sogenannter Bildung, aber täglich dazu gezwungen, sich auf das Niveau seiner Frau und seines Sohnes herabzulassen. Dem Vater zufolge war das Deutsche die Sprache der Kultur und der Wissenschaft, außerdem die Muttersprache aller großen Komponisten. War Beethoven nicht deutsch? Oder Schumann? Eigentlich wohl auch Swjatoslaw Richter. Ohne Deutschland gäbe es keine Musik, die den Namen verdiene. Doch in seinem eigenen Heim in Leningrad hatte der Vater wegen seiner ungebildeten Familie nur wenige Wörter auf Deutsch verwenden können, wie *jawohl, Achtung* oder *Pantoffeln*.

Eine Katastrophe, sagt der Sohn zu mir. Blut ist doch dicker als Wasser.

Als die Familie mit den erforderlichen Stempeln und Dokumenten inklusive der beiden Koffer mit unverkäuflichen Besitztümern endlich die Erlaubnis zur Emigration erhalten hatte, flog sie direkt nach Wien. Eine solche Reise ist vorüber, ehe man versteht, dass sie überhaupt begonnen hat. Keiner in der Familie ist jemals im Ausland gewesen. In Wien überrascht sie als Erstes, dass völlig fremde Menschen ihnen zulächeln, auch die in Uniform, die ihre Pässe kontrollieren. Das bringt die Mutter dazu, in Tränen auszubrechen.

Am ersten Abend in Wien, benommen von so viel Freiheit und Lichtreklame auf einmal, wollen sie in einem einfachen Lokal am Naschmarkt essen. Bei dieser Gelegenheit entdeckt der Sohn, dass der Vater kein Deutsch spricht: dass er diese Sprache nicht einmal versteht. Erneut bricht die Mutter in Tränen aus, und alle drei sind enttäuscht, jeder auf seine Weise. Jahrein, jahraus hat der Vater seine Frau und seinen Sohn zu Hause in Leningrad mit einer Sprache terrorisiert, die dort nicht zur Anwendung kam, und jetzt sitzt er mit ihnen in einem Lokal in Wien vor einem leeren Teller, bleich und verlegen, und kann nicht einmal ein Wiener Schnitzel bestellen.

So klein ist mein Vater in Wien geworden, sagt der Händler und misst es mit Daumen und Zeigefinger ab.

Noch vierzig Jahre danach schrumpft der Vater und wächst die Enttäuschung des Sohns. Aber die deutsche Sprache besitzt eine solche Macht, dass ich die Enttäuschung des Sohns zu verstehen meine: Nicht viel vom Vater hat zwischen Daumen und Zeigefinger Platz.

Zum Trost erzähle ich, wie ich aus Stockholm hierherkam und dann blieb. Vielleicht muss man in dieser Stadt mit so etwas rechnen, sage ich, auch jemand, der nie Pläne gehabt hat, nach Israel, New York oder Rom weiterzureisen. Der Russe ist der gleichen Ansicht. Er für sein Teil hatte früher große Pläne für sein künftiges Leben, kam aber niemals weiter als bis zum Wiener Flohmarkt, einem Abladeplatz nicht nur für Krempel und Trödelkram, sondern auch für ganze Menschenleben. Ich verstehe, was er meint. Aber bei mir liegt der Flohmarkt sozusagen im Blut.

Wien ist eine schleichende Krankheit, sage ich, und wenn es Zeit wird, sich davonzumachen, ist es schon zu spät.

Auch dem stimmt der russische Händler zu.

Stockholm hat wenigstens Wasser, fährt er fort. Genau wie Leningrad.

Danach widmen wir uns wieder dem kaukasischen Teppich. Der Händler ist nachgiebiger geworden, nachdem er seine Geschichte hat erzählen können, ein Teppich für die Diele oder den Flur ist ja doch nur etwas, an dem man die Füße abstreift, und schließlich einigen wir uns auf den Preis; das eine ausgefranste Ende des Teppichs kann der Perser in der Stumpergasse richten. Dass das Geschäft zum Abschluss gekommen ist, freut uns beide.

Der Russe verspricht, mir den Teppich nach Hause zu liefern, nur ein paar Gassen vom Flohmarkt entfernt. Das passt mir gut, da ich an diesem Samstag noch verschiedene Besorgungen zu machen habe.

Ich weiß, sagt er, als ich ihm die Adresse gebe. In der Nähe vom Raimund Theater.

Als der Flohmarkt spätnachmittags vorüber und alles, was nicht verkauft wurde, wieder eingepackt ist, klingelt der Händler, nimmt den Aufzug in den zweiten Stock, wo er den Teppich in meinem Flur ausrollt, dann richtet er sich auf und verschnauft. Bezahlt habe ich schon, auch für den Transport, und sollte ihn jetzt eigentlich zu einem Kaffee einladen, fürchte aber, dass er es sich dann bei mir gemütlich machen könnte. Doch an diesem Samstag will ich meine Ruhe haben, will in Frieden auf meinem neuen kaukasischen Teppich auf und ab gehen, wozu ich keine Gesellschaft brauche.

Daraus wird aber nichts. Denn auch wenn man glaubt, sich nur einen Teppich angeschafft zu haben, hat ihn einer in die Wohnung heraufgebracht, dann auf dem Boden ausgerollt, einer, den man dann nicht mehr loswird. Selbst ohne Kaffee hat der Russe angefangen, es sich bei mir gemütlich zu machen, sieht sich neugierig um, und sein Blick bleibt im Flur an einem Bild hängen. Das Bild ist ein Ölgemälde, das ein paar kartenspielende Herren an einem Tisch zeigt. Einer davon ist ein Pfarrer. Unter dem Tisch sitzt ein Hund.

Der Händler sagt, er könne sich vorstellen, das Bild zu kaufen.

Ausgeschlossen, sage ich. Es ist eine Kindheitserinnerung. Ich habe es von meiner Großmutter geerbt. Außerdem ist es eine Fälschung.

Der Russe meint, das mache nichts. Gewöhnlich könnten nicht einmal Experten unterscheiden, was echt und was falsch sei, und seltener als gedacht interessiere sich der Käufer wirklich dafür. Kopien und reine Fälschungen seien außerdem oft besser als das Original, behauptet der Russe. Was ist in der heutigen Welt wirklich echt? Er schaut nach oben, als erwarte er sich von dort eine Antwort. Mit Sicherheit lasse sich nur feststellen, dass die echte Ware älter ist als die Fälschung. Und die Leute würden das Alte vorziehen, weil sie glaubten, was alt sei, sei auch kostbar.

Es steht nicht zum Verkauf, sage ich.

Am liebsten wollten die Leute einen echten Rembrandt finden, der nichts kostet, fährt der Russe fort. Für einen Spottpreis. Ein sogenanntes Schnäppchen. Oder sie wollten einen falschen Rembrandt für eine schreckliche Menge Geld kaufen, sodass sie dann allen erzählen konnten, dass die Welt voller Schurken sei.

Dafür brauche ich keinen Rembrandt, erwidere ich. Das weiß ich auch so.

Erneut mustert der Russe das Bild genau. Besonders lobt er den Hund: Der Hund sei wirklich intelligent gemalt. Er sehe fast aus wie ein richtiger Hund.

Der Hund gehört nicht einmal dazu, sage ich.

Macht nichts, sagt der Russe. Nach der Betrachtung des Hundes macht er sich jetzt daran, die Signatur in der rechten unteren Ecke des Bildes zu studieren, P. C. Ducray. Aus der Tasche hat er eine kleine Lupe gezogen.

Der Hund wurde später hinzugemalt, sage ich.

»Macht nichts. Der Hund kann ja nichts dafür.«

Auch die Signatur gehört nicht dahin, sage ich. Sie ist falsch.

Macht nichts, sagt der Russe. Ein solches Bild könne man ohne weiteres für ein paar Tausend verkaufen. Vielleicht für drei. Der Name klingt französisch. Französische Bilder gehen weg wie warme Semmeln. Obwohl die Deutschen natürlich mehr von Musik verstehen.

Ich weiß sogar, wer die falsche Signatur da hingesetzt hat, sage ich.

Ich meine, den Namen schon gehört zu haben, sagt der Russe und meint P. C. Ducray. Ein großer Künstler. Einer der allergrößten.

Das Bild steht nicht zum Verkauf, wiederhole ich.

Schließlich gibt der Russe auf. Er sieht dabei nicht einmal besonders betrübt aus. Die Lupe steckt er zurück in die Tasche und sagt, seine eigene Großmutter habe Larisa geheißen, obwohl man sie Lara nannte, weil das besser klang, und dass es das Wichtigste im Leben sei, eine glückliche Kindheit gehabt zu haben.

Meine war glücklich, sagt der Russe. Mein Vater hat uns zwar immerzu mit seinen Deutschkenntnissen beschwindelt, aber das habe ich verkraftet. Der Rest war in Ordnung. Und hier in Wien hörten die Lügen ja von selbst auf.

Fünfhundert, sagt er plötzlich. Mein letztes Angebot. Fünfhundert, ich nehme das Bild und gehe.

Ich tue so, als hätte ich nichts gehört, und der Russe zuckt die Achseln.

Und Sie?, fragt er. Wie war Ihre Kindheit?

Ein anderes Mal, sage ich. Das ist eine ganz andere Geschichte.

Sonntags war der Junge von der Großmutter zum Essen eingeladen und um bei der Fälschung von Kunst mitzuhelfen. Letzterer widmete er sich mit der Unvernunft des Schuljungen nur allzu gern. Einige Jahre lang wurde diese Tätigkeit im Dienst der Kunst sogar mit größerem Ernst betrieben als die Hausaufgaben.

Vor dem Spiegel im Badezimmer kämmte er seine Haare mit Wasser, zog einen Mittelscheitel, setzte die Schulmütze auf und lief dann die breite Ordenstrappan zum Karlavägen hinunter, wechselte gleich auf die andere Straßenseite und ging weiter an der Elch-Apotheke an der Ecke Engelbrektsgatan und Karlavägen vorbei. Die Apotheken hatten Tiernamen, während die Schulen entweder klein oder groß waren (die Kleine Engelbrekt oder die Große Engelbrekt), wenn sie nicht nach Himmelsrichtungen benannt waren (Gymnasium Nord oder Gymnasium Süd). Sonntags waren sie geschlossen. Aus seinem künstlichen Wald aus Gips und Verputz über der Tür zur Apotheke schaute ein mit Grünspan überzogener Elch auf den Verkehr hinunter.

Auf der anderen Straßenseite stand eine einsame Torte im Schaufenster der Konditorei Alliance. Vor der Konditorei und unter dem Elch waren sonntags nur wenige Menschen unterwegs. Der Junge wusste, dass die Torte im Fenster nicht zu verzehren war, dass Schlagobers und Erdbeeren kein richtiges Obers und keine richtigen Beeren waren. Ein älterer Mitschüler hatte erklärt, die Schaufenstertorten seien alle mit Sägespänen gefüllt, aber das wollte er doch nicht recht glauben; eine solche Sägespänetorte war wohl aus der Enttäuschung des Jungen gebacken, weil er sich auf der falschen Seite des Schaufensters befand.

Von der Ecke Engelbrekstgatan und Karlavägen aus ging er weiter Richtung Karlaplan, aber nicht auf dem Trottoir, sondern auf dem Kiesweg unter den großen Linden in der Allee zwischen den Fahrbahnen. Im Frühjahr blühten die Bäume. Im Sommer rauschten sie. Im Herbst fielen die Blätter. Erst fast unmerklich, dann immer stärker und immer öfter, auch die, die sich mit steifem Stiel und all ihren Säften bis zuletzt festgeklammert hatten. Das Herbstlaub war blassgelb oder hellbraun, blieb aber nicht besonders lang am Boden liegen, sofern die Blätter nicht das Glück gehabt hatten, auf dem Rasen unter den Bäumen zu landen, der noch grün war und sie wie entfernte, aber einigermaßen willkommene Verwandte empfing. Die Parkverwaltung war anderer Meinung. Von den Kieswegen und bald auch dem Rasen wurde das Laub mit Harken, Rechen und langen Stöcken mit stumpfen Metallspitzen entfernt, die immerhin scharf genug waren, um aufzuspießen, was die Natur aufgegeben und abgelegt hatte.

Manchmal ging ein Wind durch die Baumkronen. Flüsternd und murmelnd sprachen die Bäume miteinander oder schon mit der nächsten Jahreszeit. Im Spätherbst wurde das Flüstern zu einem trockenen Husten, raschelnd zog der Wind über dem Kopf des Jungen durch das Laub, das noch übrig geblieben war, es war fast dasselbe Rascheln, wie wenn im Sommer das Wasser des Sees über die Steine und Muschelschalen unter seinen Füßen floss. Aber hier in Östermalm war kein Wasser in Sicht, und die ersten Herbststürme kündigten sich schon an. Bald würden die Bäume nackt und stumm dastehen, und vor ihm lag jetzt die Sturegatan, die er zu überqueren hatte. Dort war der Verkehr dichter als auf dem Karlavägen und den dunklen und ziemlich düsteren Straßen, die ihn kreuzten, aber kurz bevor er den Karlaplan erreichte, diesen verlassenen Platz mit seiner Fontäne, die nur selten das Wasser in einem ranken und zitternden Strahl in den Himmel spritzte, bog der Junge nach links ab und in die Grevgatan ein, wo die Großmutter lebte.

Er war am Ziel und klingelte. Die Großmutter wohnte

fast unterm Dach, im vierten Stock. Immer wenn der Junge klingelte, war sie es, die öffnete. Die Großmutter schloss ihn in die Arme, die Schulmütze hatte er schon auf den Stuhl neben der Tür gelegt. Ihre feuchten Küsse landeten in seinen Haaren und im Gesicht, wo ihr Lippenstift schmierige, purpurrote Flecken hinterließ, für die er sich an einem Schultag geschämt hätte. Aber heute war ja Sonntag.

Liebevoll, als wäre der Junge etwas besonders Zerbrechliches oder Seltenes, drückte sie ihn an ihre Brust; der Geruch von Schweiß und ihr schweres Parfum stachen ihm in die Nase und setzten sich in seinen Kleidern fest. Noch am Abend konnte der Junge beide wahrnehmen, wenn er sich zu Hause auszog, Hemd, Hosen und Unterwäsche zusammenfaltete und sie auf den Stuhl neben dem Bett legte, bevor es Zeit war, schlafen zu gehen.

Die Großmutter schaffte es nicht, sich mit derselben Sorgfalt wie früher zu waschen, oder es war ihr egal und sie versuchte dies mit teurem französischem Parfum zu verbergen. Aber die beiden Düfte, der natürliche und der künstliche, vertrugen sich nicht; sie wollten sich nicht mischen, sodass die Großmutter jedes Mal, wenn sie den Jungen in die Arme schloss, immer stärker nach Schweiß roch, während die Erwachsenen ihr Komplimente für ihre exquisite Parfumauswahl machten.

Aus dem dunklen kleinen Flur gingen der Junge und die Großmutter in das Zimmer zur Straße, wo ihr Liebhaber sie erwartete. Ein Liebhaber war wie der Vater des Jungen ein Erwachsener, der aber frei und nicht verheiratet war. Das Zimmer roch nach Tabak und Medikamenten. Mitten im Zimmer saß der Liebhaber der Großmutter in einem bunt bezogenen Stofffauteuil mit großen Papageien oder Dschungelvögeln. Seine Hände ruhten auf den Lehnen; die kleinen Puppenfinger umschlossen sie wie Klauen.

An den Sonntagen war es die Aufgabe des Jungen, ihm bei seiner Kunst zu helfen, bis die Großmutter mit dem Mittagessen fertig war. Diese Arbeit wurde hinter einem Lackschirm verrichtet. Vielleicht stand er da, damit die Großmutter so tun konnte, als wisse sie nicht, was dahinter vorging. Aber ihrer Aufmerksamkeit entging gewöhnlich sehr wenig, die Großmutter wusste bestimmt Bescheid, gab sogar hin und wieder Ratschläge, die sowohl Geschmack wie Kenntnisse für die Anforderungen verrieten, die diese Art von Arbeit an ihren Liebhaber und den Enkel stellte.

Der Paravent kam aus China. Mit praktisch aneinanderzufügenden Teilen ließ er sich ohne weiteres verlängern oder verkürzen, je nach Bedarf, ungefähr wie eine Ziehharmonika oder ein Fächer. Wenn eine große Arbeit im Gang war, erstreckte sich der Schirm wie eine Wand oder Mauer quer durchs Zimmer. Hinter einer ähnlichen, aber um ein Vielfaches größeren Mauer hatten die Chinesen Tausende von Jahren ungestört gelebt. Hier und da war der schwarze Lack in spinnwebdünne Risse zersprungen, fast wie die feinen Fältchen um die Augen der Großmutter. Ihr Liebhaber hatte dem Jungen erklärt, dass die Chinesen mindestens sieben verschiedene Nuancen von Schwarz kennen, die für ein europäisches Auge jedoch unmöglich zu unterscheiden sind. Chinesische Augen sehen mehr und klarer als die unseren. Der Liebhaber der Mutter bewunderte dieses Land, obwohl er nie dort gewesen war; eine Reise nach China war ja für einen Zuckerkranken leider nicht vorstellbar.

Der Junge kannte keine Chinesen und wollte lieber nach Afrika. Er kannte auch keine Afrikaner, aber das würde sich regeln, wenn man erst einmal dort war. Er wusste jedoch, dass die Augen der Chinesen schräg geschnitten waren, meistens dunkelbraun und wie die Mandeln geformt, die es an Weihnachten gab. Solche chinesischen Augen hatten sich schon Hunderte von Jahren damit beschäftigt, Schrift- und Bildzeichen auf richtigem Papier zu studieren, während man in seinem Land noch kantige Runen in Stein haute.

Auf dem Paravant waren Figuren, aus Jade geschnitten. Sie standen in kleinen Gruppen beieinander, oft an einem Fluss oder an einer Brücke, die mit spröden Pinselstrichen weiß auf den schwarzen Lack gemalt waren. Oder sie standen in einem Garten und sannen zusammen über etwas nach; die Hände hatten sie in die weiten Ärmel ihrer faltigen Seidengewänder gesteckt, und sogar die Falten waren in den Jadestein geritzt, sodass man sehen konnte, wie der dünne Seidenstoff geschmeidig den Körper eines solchen Chinesen umschloss, jede noch so kleine Bewegung durchscheinen ließ.

Eigentlich unterschieden sich Chinesen kaum voneinander. Erst aus der Nähe konnte man erkennen, dass einige von ihnen Männer waren, und die, die hockten oder die Beine unter dem Körper angewinkelt hatten, Frauen. Alle schienen sie ganz mit ihrem Tun beschäftigt, vor allem damit, was sie zueinander sagten, was jedoch für den Liebhaber der Großmutter und den Jungen ein Geheimnis blieb. Und selbst wenn sie hätten hören können, was gesagt wurde, hätten sie es nicht verstanden.

Der Erwachsene hatte dem Kind erklärt, die chinesische Kultur sei vornehmer als alle anderen Kulturen. Ihre Gelassenheit sei groß. Gelassenheit? Das bedeute, dass ein Chinese nie haste, es nie eilig habe, vielleicht weil eine solche Eile ihn lächerlich machen oder Schande über seine Familie bringen würde. Das war erstaunlich; der Junge liebte die Schnelligkeit und würde sie auch nicht wegen Chinesen aufgeben. Er hatte es eilig und keine Geduld. Aber so vornehm sei diese Kultur, dass der Chinese wisse, wie sehr man sich auch beeile, es sei doch alles vergebens oder zu spät. Ruhe und Frieden hingegen schätzten sie sehr. Und in der Tat: Der Junge konnte sehen, dass das, was der Liebhaber der Großmutter gesagt hatte, stimmte. Auch wenn die Chinesen auf dem Paravent in ewiger Regungslosigkeit verharrten, konnte man ahnen, dies hatte weder mit der Jade noch mit dem Lack zu tun. Diese Regungslosigkeit war dem Chinesen eigen: Hier wurden keine Sprünge gemacht, niemandem wurde auf die Schulter geklopft, keine Hand wurde unnötig erhoben. Alles, woran der Junge glaubte, war hier verpönt. Stattdessen ging es still und würdig zu, und falls etwas bewegt oder entfernt werden musste, stand ein Diener in der Nähe bereit. Aber bis zu dem Augenblick, in dem der Diener mit einer fast unmerklichen Geste angewiesen wurde, einen solchen Auftrag auszuführen, verhielt er sich genauso still und regungslos wie sein Herr.

Manchmal studierte der Junge jede einzelne Figur. Dann entdeckte er, dass einige Chinesen älter waren als die anderen. Hier und da entdeckte er einen krummen Rücken, einen gebeugten Nacken oder einen Kopf, der zwischen die Schultern gesunken war wie eine verfaulte Frucht in eine Schale. Es waren sehr alte und vielleicht kranke Chinesen. Die Allerältesten waren Männer mit hängenden Schnurrbärten, wie zitternde graue Striche auf den Paravent gemalt, die den Alten bis zur Taille oder noch tiefer reichten, bevor sie sich im Nichts auflösten.

Die Männer zogen es offenbar vor zu stehen. Und fast alle diese chinesischen Männer waren leicht vorgebeugt; ob durch die Weisheit der Jahre oder aus Höflichkeit gegeneinander, ließ sich nicht sagen. Aber dem Liebhaber der Großmutter zufolge war das in China fast dasselbe.

Der Junge wusste, dass die Großmutter in dem lebte, was die Erwachsenen Sünde nannten, aber da ihr Liebhaber ein angenehmer korpulenter Herr war, der gern Zigarre rauchte und Kinder mochte, hatte sich die Familie widerwillig an ihn gewöhnt. Eine Wahl hatte sie auch nicht wirklich gehabt. Die Familie wusste sehr wenig von ihm und von dem, was man seine Herkunft nannte, und was man nicht wusste, wollte man auch nicht herausfinden. Sicherheitshalber hatte die Familie es dennoch für nötig gehalten, der Großmutter zu verbieten, ihren Liebhaber zu heiraten. Das enttäuschte den Jungen, der gern einen Großvater gehabt hätte.

Trotz dieses Verbots war der Liebhaber meistens guter Laune, obwohl sein Lächeln nicht die Augen erreichte; sie nahmen nicht an dem teil, was der Mund machte, selbst ein Kind konnte das sehen. Die Augen blieben traurig. Sie schienen in ein ganz anderes Gesicht zu gehören, genau wie seine kleinen weißen Finger, flink und immer in Bewegung, nicht zu diesem großen Körper, der sich nur mit Mühe und unter Schnaufen von dem Vogelfauteuil zu dem Sessel am Schreibtisch in seinem Zimmer bewegen ließ, das zur Grevgatan hinausging.

Oft lächelte er dem Jungen zu. Lange konnte ein solches Lächeln in seinem Gesicht bleiben, obwohl es dann ohne Grund schien, als hätte er es dort vergessen oder verloren, während er in Gedanken schon anderswo war, ein Lächeln, das nichts mit echter Freude zu tun hatte, vielmehr dort zu sein schien, um einen Kummer zu verbergen.

Die Eltern des Jungen waren der Meinung, das Paar lebe nicht nur in Sünde, sondern auch in größter Unordnung. Besonders sein Vater war empört. Die Wohnung in der Grevgatan war vollgestopft mit altem Krempel, Antiquitäten oder angeblichen Antiquitäten, mit Dingen, die oft beschädigt waren oder denen ein Teil fehlte, etwa ein Bein, ein vergoldeter Beschlag, oder die größten Kristallprismen, mit Figuren, deren Bronzeschwert oder Porzellankopf abgeschlagen war, eine Anhäufung von Dingen, die aus Trödelläden, Dachböden und Versteigerungen in ihre Wohnung gequollen waren und sie in das verwandelt hatten, was der Vater des Jungen verächtlich einen Flohmarkt nannte.

Flohmarkt? Wenn die Rede auf die Grevgatan kam, waren die schlimmsten Schimpfwörter des Vaters Sünde und Flohmarkt. Sünde hatte damit zu tun, dass es bei der Großmutter keinen Großvater gab. Aber Flöhe hatte der Junge bei der Großmutter nicht angetroffen, obwohl Flohmarkt vielleicht ein anderes Wort für unordentliches Zimmer war. Diesen Flohmarkt in der Grevgatan musste der Vater hin und wieder besuchen, weil er es als Familienpflicht ansah. Der Vater des Jungen meinte, nur in der Natur sei dergleichen anzutreffen, und dort hätte er eine solche Unordnung vielleicht auch akzeptieren können, aber nicht in einer Wohnung in einem so noblen Stadtteil wie Östermalm. Hier sei der Untergang nahe, meinte der Vater, was in der Natur zu Erdbeben oder Überschwemmungen würde, in der Welt der Menschen jedoch gezügelt werden müsste.

Aber in der Grevgatan? Da hatte die Natur schon einen Fuß in der Tür. Dass die Natur Füße hatte, war dem Jungen neu. Aber der Vater war davon überzeugt, dass seine Schwiegermutter und ihr Liebhaber ihre Rechnungen nicht bezahlten (dafür hatte er handfeste Beweise), nie ihre Betten machten, ihre Zimmer nicht lüfteten und ungespülte Teller mit Essensresten bis zum nächsten Tag stehen ließen. Das empörte ihn, obwohl er selbst nicht in dem ungemachten Bett schlafen oder die Reste von dem gestrigen Teller aufessen musste, und wenn diese Unordnung in der Grevgatan zur Sprache kam, gerieten die Eltern des Jungen in einen Streit, der Tage währen konnte.

Die Großmutter und ihr Liebhaber wurden dabei auch zu Sammlern. Sammler war noch so eines von den Schimpfwörtern des Vaters. Die Großmutter sammelte das Zarte und Zerbrechliche, vor allem Glas und Porzellan, so dünn, dass der Junge manchmal direkt hindurchsehen konnte. Wenn etwas kaputtging, weil es umgestoßen oder fallen gelassen wurde, regte es sie nicht besonders auf, als hätte sie immer schon gewusst oder damit gerechnet, dass genau das geschehen würde. Früher oder später; sie wusste schon Bescheid. Das Leben selbst endet ja in Scherben und Zerschlagenem, meinte die Großmutter, und die Dinge in der Grevgatan, die diesen Gesetzen nicht unterworfen zu sein schienen – wie Kronleuchter aus Messing oder die Sammlungen von Münzen, Medaillen und silbernen Schnupfdosen ihres Liebhabers –, betrachtete sie mit Misstrauen.

Die Existenz solcher Gegenstände widersprach dem Leben selbst, und da sie ihrerseits auf der Seite des Lebens stand, wie sie behauptete, umgab sie sich mit diesem großen Vorrat an Zerbrechlichkeit, mit Dingen, die fortwährend kaputtgingen und mit Besen und Schaufel zusammengefegt werden mussten. Diese ständig anhaltende Zerstörung, die nicht einmal ihre Lieblingsdinge verschonte, war zugleich eine Art Bestätigung. Die Scherben waren Beweise dafür, dass sie recht hatte, wenn sie die Bedingungen des Lebens und den Gang der Natur durchschaut zu haben meinte und sich daher keinerlei Illusionen darüber machte, was auch sie erwartete. Früh genug würde das Leben selbst auch sie zu Boden fallen lassen, sie über eine Tischkante oder von einem Regal herunterschubsen, schließlich auf ihr herumtrampeln; und stoisch würde sie sich mit dem Unausweichlichen abfinden.

An den wichtigen Feiertagen war die ganze Familie zu Besuch bei der Großmutter. Ohne Probleme hatte sie in der Wohnung Platz, klein war sie ja nicht. Aber jedes Mal machten all die herumliegenden Dinge den Vater des Jungen nervös, nur unter Schwierigkeiten fand er einen Sitzplatz, wo er nicht riskierte, eine Vase umzustoßen oder sich auf einen antiken Seidenbrokat zu setzen. Und es schien ihn zu stören, dass er nicht wusste, wozu all diese Dinge dienen sollten. Wozu brauchte man sie? Die Gegenstände in der Grevgatan beleidigten ihn mit ihrer bloßen Anwesenheit. Am liebsten hätte er sie wegschieben, aufräumen oder verstauen wollen, um sie nicht um sich zu haben. Etwas, das er selbst für völlig unbrauchbar hielt, gab es manchmal sogar in mehreren Exemplaren; nicht einmal mit vereinten Kräften gelang es der Großmutter und der Mutter des Jungen zu erklären, wozu der eine oder andere Gegenstand nütze sein sollte.

Und dann gleich zwei oder drei Stück davon!

Die Großmutter begnügte sich meistens damit zu sagen, etwas sei schön. Oder es sei lustig. Damit war die Sache für sie erledigt.

Lustig? Dass ein Gegenstand als lustig gelten konnte, irritierte den Vater des Jungen noch mehr. Die Mutter, die ihren Mann besser kannte als seine Schwiegermutter, strengte sich hingegen an, etwas Praktisches oder Nützliches an dem zu entdecken, was ihn verärgert hatte. Aber auch das Brauchbare konnte den Zorn des Vaters wecken: zum Beispiel eine chinesische Kopfstütze, also ein Kissen aus Holz, ein Gegenstand eher für Plage und Folter als für Ruhe und Schlaf, wie er meinte.

Die Großmutter wollte ihm helfen. Sie sagte: Fass es an! Aber der Vater des Jungen wollte keinen einzigen Gegenstand berühren, mit seiner Hand umschließen, in der dieser fast hätte verschwinden können. Nichts wollte er davon wissen; mit dieser Welt der Dinge befasste er sich nicht.

Die Großmutter und ihr Liebhaber hingegen waren mit ihr bis ins kleinste Detail vertraut, sie hatten sich schon lange zwischen diesen Dingen häuslich eingerichtet, und auch der Junge hatte nach ihnen gegriffen, gierig die Hand nach dem Medaillon ausgestreckt oder sein Ohr dicht an die große Nautilusschnecke gelegt: Und da war plötzlich das Meer, auch sein Vater hatte es wohl rauschen hören können, aber dass das Meer tatsächlich in einer Schnecke Platz haben sollte, war doch eine Zumutung.

»Nimm sie in die Hand!«

Klopfe mit dem Knöchel dagegen, halte sie unter die Nase, lecke daran! Die Großmutter war für die Hand, ihr Liebhaber fürs Auge. Beide steckten gern etwas in den Mund.

Wozu soll das gut sein?

Zu nichts, mein Lieber.

Und der Junge?

Als Kind hatte er die Dinge erst in die Hand genommen und in den Mund gesteckt. Später hatte das Auge übernommen. Aber der Vater hatte dazu eine andere Meinung. Was gibt es da zu sehen? Oder er sagte: Fass das nicht an! Aus Fürsorge für die Hand, sie musste geschützt werden.

Und bald war der Vater wieder empört. Was er sah, war

schief, grell oder allzu dunkel. Worauf er sich setzte, war allzu weich, gepolstert oder glatt. In diesem Zuhause, das er nicht Zuhause nennen wollte, gab es zu viel Plüsch und abgenutzte Kissen, zu viel, was zu weich, gepolstert oder glatt war, was nachgab und sich dem Körper anpasste, statt ihn abzuhärten, zu viel von dem, was ihn immer wieder dazu brachte, von seiner Sehnsucht nach dem Festen und Harten zu sprechen und die Grevgatan erneut einen Flohmarkt zu nennen.

Gereizt oder aus Unsicherheit fuhr er fort, das meiste von dem, was es dort gab, als Ramsch abzutun. Die Großmutter ließ es zu. Manchmal konnte er Interesse für einen einzelnen Gegenstand zeigen, allerdings fast scheu und mit der Einschränkung, dass er beschädigt, so ausgebleicht, zerkratzt oder verbeult sei, dass man bald nicht mehr erkennen könne, wie er früher ausgesehen hatte.

Der Liebhaber der Großmutter pflegte sich diese Erörterungen kommentarlos anzuhören, zog nur hin und wieder an seiner Zigarre, um eine Wolke von weißgrauem Rauch in das Zimmer zu pusten. Seine Augen waren schmal geworden, die Pupillen ganz schwarz; wie Kohle oder Lakritze, fand der Junge.

Was hätte er sagen sollen?

Der Vater des Jungen wusste ja nichts von diesen Gegenständen, die er manchmal, wenn er guter Laune war und großzügig sein wollte, als harmlosen Krimskrams bezeichnete. Eine ganze Menge sah er wohl zum ersten Mal und konnte dann doch widerwillig und mit missbilligender Miene eine kleine Porzellanfigur oder eine Spieldose in die Hand nehmen, obwohl weder der eine noch der andere Gegenstand ihm etwas zu sagen schien oder Erinnerungen weckte. Alles vergeblich. Alles, was die Großmutter und ihr Liebhaber gesammelt hatten, gehörte für ihn in eine verborgene Welt, in der nur dieses Paar zu Hause war.

Zu Hause?

Aber das war ja wieder der springende Punkt: Für den Vater des Jungen konnte die Wohnung in der Grevgatan unmöglich als ein Zuhause gelten. Sie war höchstens ein Provisorium, etwas Vorübergehendes, wie ein Zigeunerlager oder wenn man auf einer harten Bank in einem Wartesaal übernachten muss, weil der Zug Verspätung hat. Diejenigen, die hier wohnten, hatten sich mit ihrem ganzen Krempel Hals über Kopf aus dem herausgestürzt, was zumindest im Fall seiner Schwiegermutter einmal geordnete Verhältnisse gewesen waren. Dass sie beide sich jetzt in schlechter Gesellschaft befanden, wie er es nannte, wenn er mit der Mutter des Jungen stritt, in einer Art von sozialem Niemandsland, wo eine Familie wie die seine niemals jemanden gekannt hatte und, wie er versicherte, auch nicht kennenzulernen wünschte, würde die Familie früher oder später teuer zu stehen kommen; und für all das machte er den Liebhaber seiner Schwiegermutter verantwortlich. Er war schuld.

Dieser trug seine Verantwortung mit Gleichmut. Der Liebhaber der Großmutter blinzelte dem Jungen mit dem linken Auge zu, als hätten sie ein Geheimnis miteinander. Außer der Bildkunst widmete er sich hauptsächlich dem Silber; er galt als Experte für Stempel, wurde von den größten Sammlern um Rat gefragt, bevor sie zuzuschlagen und etwas zu kaufen wagten, hatte in seiner Jugend in Paris Auto fahren und einparken gelernt, war ein hervorragender Schütze, Koch und Weinkenner und konnte auf den Strich genau die Temperatur des Jungen messen, indem er ihm zwei Finger auf die Stirn legte. Die Großmutter vergötterte ihn. Sie nannte ihn einen Hellseher oder Wundertäter und vergaß dabei nicht, dem Jungen einzuschärfen, wie oft gerade solche Menschen missachtet wurden. Er selbst pflegte von seiner Mission zu sprechen. Das imponierte dem Jungen, der niemand anderen mit einer Mission kannte.

An einem Sonntag, als sie in seinem Zimmer zusammensaßen, sagte er, das Schicksal habe die Großmutter und ihn zusammengeführt. Vom Schicksal hatte der Junge in der Schule gehört, Napoleon und Karl XII. hatten beide damit zu tun gehabt, aber dass das Schicksal sich auch in das Leben gewöhnlicher Menschen einmischte, war ihm neu. Außerdem habe seine Großmutter aufgrund dieses Schicksals die Chance erhalten, ihrer Familie und deren totalem Mangel an Talent sowie deren Gleichgültigkeit jeglicher Kunst gegenüber zu entfliehen, und die Familie sei ihm, ihrem Kavalier, sagte er, wenigsten einen Dank schuldig.

Die Familie aber beharrte auf ihrem Standpunkt. Sie war der Ansicht, ihm nichts zu schulden. Und Menschen, die an das Schicksal glaubten, waren nach Ansicht des Vaters ein Fall für den Nervenarzt.

Von den Kindern der Familie wurde der Liebhaber der Großmutter Onkel Acke genannt. Sein richtiger Name war Axel af Rydén, ein unbestimmt zwischen den Klassen schwebender Name, irgendwo zwischen dem Vornehmen und dem Gewöhnlichen, ein Zustand, bei dem das Risiko, plötzlich abzustürzen, weit größer war als die Hoffnung, zu richtig feinen Leuten aufzusteigen. Es hieß, Onkel Ackes Familie sei einmal sehr angesehen und reich gewesen. Sie habe als eine sogenannte bessere Familie gegolten, war aber von Generation zu Generation durch vererbtes Missgeschick und das, was man entschuldigend Pech nannte, verarmt.

Das war traurig. Hier gab es nicht viel, woran man sich halten konnte.

Eine sogenannte bessere Familie?

Streng genommen war das ja nur Gerede, jeder Beliebige hätte dasselbe von sich behaupten können. Aber aus Gerüchten und Vermutungen waren auf diese Weise Behauptungen geworden, die mit der Zeit wie bei einem reinrassigen Hund oder einem Rennpferd mit einem Stammbaum versehen wurden. Obwohl sich nichts beweisen ließ, besonders da der Rest dieser vielleicht einmal angesehenen und reichen Familie vom Erdboden verschluckt zu sein schien. Weder ließen sie von sich hören, noch kamen sie zu Besuch. Damit gab man sich zufrieden. Niemand war daran gelegen, einer völlig fremden Familie nachzuforschen, niemand interessierte sich für weitere Verwandte und Familienmitglieder, die am Ende vielleicht noch versorgt werden mussten.

Aber dann begann Onkel Acke plötzlich, den Koffer zu packen, den er unter seinem Bett verwahrte. Der Koffer war aus verschlissenem ochsenblutfarbigem Leder, an jeder Ecke mit Metall verstärkt, überall mit Werbung von ausländischen Hotels und Kurorten beklebt: Ein Gondoliere schob sich durch die Kanäle Venedigs, ein Piccolo in feuerroter Uniform stand vor einem Lift, der einem riesigen Vogelkäfig glich. Alles kreuz und quer geklebt, als wäre Onkel Acke ein Flüchtling gewesen, kein Tourist, und hätte diesen Reisen eine feste Route gefehlt.

Der Koffer wurde gepackt, wie wenn der Junge ein Puzzle legte. Jedes Ding hatte seinen Platz. Aber erst musste alles, was in den Koffer gelegt werden sollte, sorgsam gefaltet und zusammengerollt werden: Hemden, Unterwäsche, Anzüge, Strümpfe, Krawatten. Einen besonderen Platz bekamen zwei Paar Schuhe in Säckchen aus dunkelgrünem Tuch sowie ein Stapel feinster Seidentaschentücher; wenn der Junge sie in die Hand nahm, erwachten die Taschentücher zum Leben und flossen rasch zwischen den Fingern hindurch. Eine Wonne! Es kam vor, dass Onkel Acke alles umschichtete, was schon in dem Koffer lag; der Schuhsack landete dann neben dem Necessaire statt unter dem Stapel Taschentücher. Die Riemen und Fächer aus Leder hielten all die Sachen an ihrem Platz, die für eine Reise notwendig waren. Aber hier und da schien ein Stück in dem Puzzle zu fehlen, oder es wurde absichtlich eine leere Stelle für das gelassen, was noch warten musste, bis es an die Reihe kam.

Als der Koffer fertig gepackt war, begann der Onkel, Fahrpläne zu studieren. Bald, sagte Onkel Acke, würde er einen Verwandten in Borås besuchen, von dem er versicherte, er habe ihn immer gerngehabt.

»Axel, ist das wirklich nötig?«

Die Großmutter betrat den Raum, blieb an der Schwelle stehen und befingerte unruhig die Reihen ihrer Perlenkette. Dann verließ sie das Zimmer wieder. Aber es dauerte nicht lange, bis sie zurück war und ihn zu bleiben bat. Unmöglich! Seit dem Sommer wartete der Verwandte in Borås, und schon stand der Winter vor der Tür, hier war keine Zeit zu verlieren, wenn man Familiensinn besaß.

An solchen Sonntagen fuhr er trotz ihrer Bitten damit fort, die letzten Sachen in den Koffer zu packen, mit einer kurzen Unterbrechung für das Mittagessen – Rindsrouladen mit eingelegten roten Rüben –, bis er ein paar Tage später den Koffer wieder auspackte, aber jetzt in rastloser Wut; als der Junge am nächsten Sonntag zu Besuch kam, lagen Socken und Krawatten immer noch im Zimmer verstreut, obwohl die Wut sich da schon ausgetobt hatte, zu einem Grummeln und Klagen ohne Überzeugung und richtigen Adressaten geworden war; mehr kläffend als schimpfend beschwerte er sich über die Schwedische Eisenbahn, den Wetterbericht und den unglückseligen Tag, an dem er zufällig geboren war.

Mittwoche, sagte er, sollte man abschaffen.

Dem Jungen erschien das als eine gute Idee, obwohl ihm nicht richtig klar war, wie es zu bewerkstelligen sein sollte. Onkel Acke vermutlich auch nicht, der sich eher für Projekte und Pläne begeisterte als dafür, sie zu verwirklichen, sodass der Junge von Sonntag zu Sonntag nicht sicher sein konnte, ob der Koffer auf dem Boden halbfertig gepackt oder zur Hälfte geleert wäre oder sich schon wieder an seinem Platz unter dem Bett befände.

An den Sonntagen, an denen der Koffer bereitstand, war Onkel Acke zerknirscht und bot keinen schönen Anblick. Für ein Kind war das herzzerreißend. Jacke und Weste hatte er über den Sessel am Schreibtisch gehängt, seine Hosenträger saßen stramm über dem aufgeknöpften weißen Hemd, unter diesem war die Haut fast genauso weiß; mit einem großen rotbraunen Schnupftuch wischte er sich andauernd übers Gesicht, als wäre es ein Möbelstück, das gepflegt und geputzt gehörte. Der Junge versuchte ihn zu trösten, indem er ihm etwas erzählte, was er auf dem Weg von der Ordenstrappan zur Grevgatan aufgeschnappt oder gesehen hatte. Onkel Acke blickte den Jungen mit großen wässrigen Augen an und murmelte etwas, was vermutlich eine Art Dank sein sollte.

Märta, begann er, blieb aber hilflos an dem Schreibtisch mitten im Zimmer sitzen, deine Großmutter, verdeutlichte er, verlor jedoch den Faden, vertieft in erregte Gefühle oder vielleicht in den Fahrplan der Schwedischen Eisenbahn, beugte sich über den Schreibtisch, wo er zerstreut und anscheinend ziellos in etwas herumblätterte, das gerade vor ihm lag, oft ein Kunstlexikon oder Julius Langbehns berühmtes Buch über Rembrandt, was soll ich sagen, versuchte er es erneut, aber eher so, als spräche er zu sich selbst als zu dem Jungen.

Plötzlich streckte er sich, murmelte etwas vor sich hin, ob wohl genug Zeit sein würde, um in Hallsberg umzusteigen, stand auf und setzte sich aufs Bett; wieder war das Gesicht blank vor Anstrengung. Erstaunt sah er den Jungen an. Was tat dieses Kind in seinem Zimmer? Aber dann musste ihm eingefallen sein, dass Sonntag war, ein Sonntag wie jeder andere, nicht einmal Borås noch die Schwedische Eisenbahn konnten daran etwas ändern.

»Ich bin so müde, so müde.«

Er flüsterte fast. Vorsichtig legte er sich rücklings auf das Bett und bat den Jungen, die Schuhe aufzuschnüren und seine Füße zu massieren.

»So müde, so müde, mein lieber Junge.«

Dem Jungen jagten diese Füße Angst ein. Sie waren

nicht nur größer als seine eigenen, obwohl sie sofort schrumpften, wenn man sie im Verhältnis zu dem Körper sah, zu dem sie gehörten, ein Körper, der ein Paar Füße mit weit höherer Schuhgröße gebraucht hätte, nein, sie waren auch weißer als die des Jungen, allerdings ohne seine blanke und sogar weiche Haut. Sie sahen aus wie mit Fischschuppen überzogen, Füße mit grünen oder gelben eingewachsenen Nägeln, mit krummen Zehen, die von zu engen Schuhen mit schiefgetretenen Absätzen entstellt waren, und wenn er diese Erwachsenenfüße in seine Kinderhände nahm, fürchtete er, sie könnten an den Handflächen kleben bleiben, obwohl Onkel Ackes Füße ganz trocken und rau waren.

Du musst Langbehns Buch über Rembrandt lesen, sagte Onkel Acke. Rembrandt als Erzieher. Begreifst du?

Erst dann würde der Junge den großen Künstler verstehen können. Aber der Junge konnte kein Deutsch, und Erwachsene, die weinten, waren erschreckend, besonders große und fette mit tränenblanken Gesichtern, in denen auch das Unglück so viel größer wirkte, dazu ohne scharfe Züge, um es an seinem Platz zu halten. Dass Onkel Ackes Weinen stumm war, machte es noch erschreckender. Wenn das Weinen wenigstens von Jammern und Klagen begleitet gewesen wäre! Jetzt war es genauso trostlos wie er selbst.

Regungslos lag Onkel Acke rücklings auf dem Bett, das Hemd vom Hals bis zum Bauch aufgeknöpft, allein befand er sich in einer für andere unzugänglichen Verzweiflung, die auch die vereinzelten Tränen auf seinen Wangen eher erschreckend als traurig wirken ließ.

»Ich bin so müde, so müde.«

Sobald die Großmutter nicht anwesend war, machte sich die Familie hinter Onkel Ackes Rücken über seine Verwandtschaft lustig. Wo befand sie sich überhaupt? In Borås? Das glaubte niemand, trotz des Zugfahrplans. Hatte er überhaupt eine Familie? Das war zu bezweifeln. Trotzdem war es schwer, sich einen Menschen als völlig verlassen vorzustellen, einem einsamen Himmelskörper gleich, unterwegs durch sein eigenes pechschwarzes All, nicht einmal einen bleichen Mond als Gesellschaft. Aber genau solch ein Dunkel schien ihn zu umgeben.

Auch sein Nachname, af Rydén, von Rydén, war dunklen Ursprungs. Die Erwachsenen in der Familie waren auf der Hut. Woher kam dieses af? Es schien dazu geschaffen, einem ziemlich gewöhnlichen Namen Gewicht zu verleihen, einem, der ohne dieses af fast eine ganze Seite im Telefonbuch füllte, ohne dass ihm das wirklich gelang. Man blieb misstrauisch. Der Vater des Jungen meinte, Onkel Ackes af sei wie ein Stiel aus Edelholz an einem gewöhnlichen Topf oder an einer Bratpfanne aus hauchdünnem Blech. Aber statt einen Namen wie Rydén aus dem allzu Gewöhnlichen emporzuheben, machte es sowohl den Namen wie seinen Träger lächerlich.

Auch Onkel Acke mochte diese Gefahr bewusst sein.

Wenn er sich in der Gesellschaft des Jungen fremden Menschen vorstellte, betonte er besonders die erste Silbe seines Nachnamens und erlaubte niemandem, ihn ohne diesen Stiel zu benutzen. Wurde sein af ausgelassen, tat Onkel Acke so, als ob er nichts höre, oder sah an dem vorbei, der ihn angesprochen hatte. Alles oder nichts. Wer sich mit ihm einließ, hatte ihn insgesamt zu akzeptieren; in diesem Punkt war er ebenso eitel wie starrsinnig.

Doch was man so energisch artikulierte und hervorhob, wurde misstrauisch betrachtet und oft abgelehnt. Oder man scherzte darüber. Auch der Junge merkte es: Was als echt ausgegeben war, wurde als falsch verdächtigt. Viele Leute waren wohl der Ansicht, Onkel Acke gehe zu weit. Was er verlangte, war vermessen, es war unverschämt, sein Hochmut beleidigte sie. Zugleich war es einfach lächerlich. Denn ein solches af zeugte von zu großem Anspruch, insbesondere, wenn es sich als falsch erweisen sollte, nur lose angeklebt wie eine Reklame in eigener Sache.

Axel af Rydén?

Nur auf der Post oder in der Tabaktrafik konnte man sicher sein, dass ein solcher Name vollständig zur Anwendung kam, dort aber so oft und übertrieben, dass der Junge merkte, wie es ihn irritierte; ein fleißiger Gebrauch, der den Verdacht weckte, dass dies wiederum eine Art war, Onkel Acke Geringschätzung zu erweisen und sich über ihn lustig zu machen. Die Misstrauischen, oft die einflussreichsten und von ihm am höchsten geachteten Personen, befassten sich gewöhnlich nicht mit seinem af, begnügten sich mit einem kurzen Rydén, manchmal mit einem Herr davor, das aber die Betonung erhielt, die er selbst für das af reserviert hatte, das sie ausgelassen hatten, sodass ihr Herr nicht respektvoll, sondern sarkastisch klang, eher wie eine Beleidigung.

Sein vollständiger Name wurde von denen, auf die er gehofft hatte, nur selten in den Mund genommen oder auf dem Papier festgehalten, sodass er selbst zusammen mit seinem Namen, der nicht zur Anwendung kam, immer mehr ins Abseits geriet und an den Rand gedrängt wurde, weit entfernt von der Gesellschaft und den Kreisen, zu denen er hinstrebte und denen er gern angehört hätte. Diejenigen, die ihnen angehörten, schwiegen. Sein Name wurde dort überhaupt nicht erwähnt, weder mit noch ohne af. Das war die größte Schmach. So wollte man ihn ein für alle Mal auf seinen Platz verweisen und zeigen, wohin er gehörte. Und dieses Schweigen war zerstörerisch, er war machtlos dagegen.

Ohne Worte und ohne das Recht auf einen eigenen Namen wurde ihm endgültig die Tür gewiesen.

Woher sein af kam, konnte die Familie nie herausfinden. Niemand wusste es. Eine Fälschung? Oder dieses af war wirklich echt, und alle hatten ihm Unrecht getan. Aber in diesem Fall wäre er ein noch größerer Misserfolg: ein durch und durch solider und gediegener Name, der nicht in der Lage war, andere von seiner Echtheit zu überzeugen.

Bei einem Email- und Kupferschmied im oberen Teil der Kammakargatan hatte Onkel Acke ein Namensschild bestellt. Er hätte es ohne Schwierigkeit selbst anfertigen können, doch abergläubisch wie er war – wie der Arzt, der sich nicht selbst vertraut, wenn es die eigene Gesundheit betrifft – hatte er diese Aufgabe einem anderen Fachmann anvertraut.

Einem geschickten Graveur. Auf dem Schild schlängelte sich der vollständige Name von Onkel Acke in einer verschnörkelten Handschrift über das Email. Nichts fehlte. Doch an der Tür der Wohnung in der Grevgatan war sein Schild unter dem mit dem Namen der Großmutter plaziert; trotz allem war es ja ihre Wohnung und Onkel Acke nur ein Untermieter.

»In einer halben Stunde ist das Essen fertig.«

Die Großmutter hatte die Tür einen Spaltbreit geöffnet und war sofort wieder in die Küche zurückgekehrt. Der Junge war bereits hungrig. Gewöhnlich gab es Suppe und danach ein Huhn oder einen Braten, den Onkel Acke mit einer Bratengabel aus dem Topf hob und auf ein gesprungenes, fast morsches Schneidebrett legte, ehe er das Huhn oder den Braten mit von Tinte und Ölfarbe befleckten Händen aufschnitt, als klebte das Blut von einem sehr kleinen, in keinem Kochbuch bekannten Tier daran. Danach wurde das Zerteilte auf eine große Platte gelegt, während die Großmutter eine Soße verquirlte, die sie vom Herd genommen hatte, ehe das Fleisch auf den Tellern landete.

Die Großmutter und Onkel Acke lebten nicht so sehr von dem, was sie aßen, wie sie für das Essen lebten. Mund und Magen wurden in der Grevgatan großgeschrieben. Beide liebten Frankreich und fanden, kein Gericht ließe sich ohne große Mengen von Butter zubereiten. Der Junge mochte keine Butter und fragte sich, wie man ein ganzes Land auf einmal lieben konnte, das nicht einmal das eigene war. Obwohl Frankreich genau wie China anders wirkte als andere Länder. Aber in der Küche zogen die Chinesen mit ihren Stäbchen und Reis den Kürzeren.

Bevor es Zeit fürs Essen war, sollten Onkel Acke und der Junge mit wenigstens zwei oder drei Gemälden fertig sein. Kein Essen ohne Arbeit. Durch die beiden Fenster zur Grevgatan fiel Licht in den Raum, nicht viel und auch nicht oft, aber an den Vormittagen und während der hellen Jahreszeit doch genug für die Arbeit, die zu verrichten war.

Das Zimmer der Großmutter war größer und grenzte an die Küche und den Hof an der Rückseite des Hauses. Dort gab es mehrere Fenster dicht nebeneinander. Auf dem Fensterbrett standen Topfpflanzen, Statuetten aus Bronze oder Terrakotta, die antike Göttinnen darstellten, auch Brunnengläser in verschiedenen Farben, die meisten aus Böhmen. Böhmen lag in Frankreich. Im Sonnenlicht des Vormittags leuchteten die Gläser gedämpft rubinrot oder grell zitronengelb. Es gab auch gestreifte Gläser in den Farben der Trikolore und Gläser grün wie Heuschrecken oder Schälerbsen im Frühsommer. Dieses Zimmer war heller als das von Onkel Ackes und hätte sich sicher besser für die Arbeit geeignet, die die beiden Männer auszuführen hatten.

Still und zielstrebig schritt die Arbeit voran. Der Junge erfüllte seine Pflichten, ohne daran zu denken, wie unpassend sie für einen Schuljungen waren, der die vierte Klasse noch nicht einmal abgeschlossen hatte. Onkel Acke arbeitete am liebsten an Ölgemälden. Seine Vision oder seine Vorstellung von Schönheit, nicht die Hand oder der Pinsel, setzten die Farbe auf die Leinwand und hoben erst dann Hand und Pinsel, wenn sie das Ihre getan hatten. Unsignierte Werke versah er oft mit Initialen. Selten wählte er einen vollständigen Namen. Nur nach langem Zögern und dann zierlich, als wäre der Pinsel ein Degen, setzte er gelegentlich eine vollständige Signatur auf ein Ölgemälde.

Es galt, sich an die kleineren oder unbekannten Meister zu halten. Seine Pinsel, Farbtuben, Tinkturen, Messer, Schmirgelpapiere und kleinen Bürsten sowie einige Rasierklingen verwahrte Onkel Acke in einer Blechschachtel wie ein Hausarzt seine Instrumente in einer Ledertasche. Es kam vor, dass er an die Komposition selbst Hand anlegte und etwas hinzumalte, was vorher nicht dagewesen war, aber meistens begnügte er sich damit, auszufüllen oder zu verbessern. Gelegentlich kratzte er ab, was sich schon auf der Leinwand befand.

Von den beiden Sonntagsarbeitern war Onkel Acke der Künstler, der Junge nur sein Gehilfe. Auf Symmetrie war nicht zu hoffen. Auch in dem, was Onkel Acke entfernt oder übermalt hatte, verriet sich die Künstlerseele, und lange konnte er schweigend und mit Kennermiene auch das betrachten, was da nicht mehr zu sehen war. Sich über das Werk eines Künstlers herzumachen schien ihm leichter zu fallen, als sich mit dessen Namen zu befassen. *Nomen est omen,* sagte Onkel Acke. Während sie arbeiteten, sprach er den Jungen gern lateinisch an, obwohl Latein das war, was er eine tote Sprache nannte. Der Junge vermutete, dass sie ausgestorben war, weil niemand sie mehr verstehen konnte.

Hinc robur et securitas, sagte er. *In vino veritas.*

Hatte der Junge ein Passepartout schräg geschnitten oder Farbe auf dem Boden verschüttet, versuchte Onkel Acke ihn zu trösten, nahm ihn auf den Schoß und flüsterte in sein Ohr.

In hoc signo vinces, flüsterte er. Oder *gustibus non est disputandum.*

Später entdeckte der Junge solche lateinischen Sätze auf einer Banknote oder über einem Torgewölbe in der Altstadt. Dass diese Sprache ausgestorben war, machte ihn traurig. Wann war das geschehen? Und wie war es geschehen? Obwohl der Junge Latein weder verstand noch sprach, trauerte er um diese verstorbene Sprache, die immer noch so große Anstrengungen machte, sich in einer Welt zu behaupten, die nichts mehr mit ihr zu tun haben wollte. Die Frage war, ob diejenigen, die Latein sprachen, davon unterrichtet waren, dass ihre Sprache ausgestorben war, dass das, was sie wohl jeden Tag im Mund hatten, nicht mehr am Leben war. Hatte man daran gedacht, diese armen Menschen rechtzeitig zu benachrichtigen? Der Junge wollte jedoch seine Unwissenheit nicht durch eine Frage verraten.

Nach zwei, an glücklichen Sonntagen drei oder vier verbesserten Kunstwerken dauerte es gewöhnlich nicht mehr lange bis zum Mittagessen. Was die beiden zustande gebracht hatten, war vielleicht unbeholfen, es waren nur sehr bescheidene Veränderungen, nicht immer zum Besseren. Aber manche waren doch geglückt, und gemeinsam wurde die ausgeführte Arbeit inspiziert: wie es gelungen war, einen neuen Rahmen gegen einen alten auszutauschen, wie ein zuvor leerer Himmel die eine oder andere flauschige Wolke oder ein Bild in einer leeren Ecke eine Signatur bekommen hatte.

Die fertigen Bilder wurden auf den Boden gestellt und an die Wand gelehnt, die unbemalte Rückseite dem Zimmer zugewandt. Damit die Gemälde sich vom Blick des Betrachters erholen konnten, wie Onkel Acke sagte. Was er Kunst nannte, umfasste weit mehr als Talent und

Handwerk. Kunst hatte vor allem mit Charakter zu tun, Fleiß hielt er für wichtiger als Inspiration. Leider zeigten viele Künstler Fleiß nur, wenn sie Inspiration in der Flasche suchten. Die Kunst des Abendlands wurde weniger vom Mangel an Talent bedroht als von Wein und vor allem Schnaps.

Hatte van Gogh sich nicht unter Einfluss des Alkohols ein Ohr abgeschnitten? Diesen Künstler kannte der Junge nicht, aber kein ähnlicher Fall war während der letzten sechstausend Jahre aus China bekannt. Und Kunstwerke waren keine toten Dinge oder Gegenstände. Auch die Bilder, die jetzt auf dem Boden ruhten, lebten; ein verständnisloser Blick, das böse Auge genannt, konnte ihnen einen Schaden zufügen, von dem sie sich nicht so leicht wieder erholen würden.

Wie das zugehen sollte, konnte Onkel Acke dem Jungen schwer vermitteln. Er gab gewöhnlich schnell auf.

»Mit der Zeit wirst du verstehen, was ich meine.«

Dem Jungen kam es so vor, als spräche Onkel Acke mit ihm wie mit der Großmutter und anderen Erwachsenen, direkt und ohne die geringste Berechnung, als bestünde der Unterschied zwischen Kindern und Erwachsenen einzig darin, dass Erstere kleiner sind. Andere Unterschiede ließ er nicht gelten. Aber das machte es dem Jungen schwer. Nur teilweise begriff er, was Onkel Acke sagte oder worum es ihm ging, weil er sich aufs Äußerste anstrengen musste, um sich so viel wie möglich von dem zu merken, was er nicht verstand. So war der Junge mal ein Hidalgo und mal ein altes Haus. Mit beidem konnte der Junge nichts anfangen, trotzdem fühlte er sich geehrt und streckte sich, stolz darauf, in einer Art angesprochen zu werden, die bestimmt nicht jedem Beliebigen zuteilwurde. Niemand, den er kannte, wurde im Haus in der Grevgatan Hidalgo genannt, weder der Hausmeister im Erdgeschoss noch der Anwalt im fünften Stock, Nachbarn, die, wenn sie nicht anwesend waren, zu Lümmeln wurden (was ein Lümmel war, wusste der Junge) oder zu Scharlatanen, noch eines von Onkel Ackes unbegreiflichen Wörtern.

Aber bestimmt war es nicht so fein wie Hidalgo oder altes Haus; zumindest klang altes Haus feiner als Scharlatan.

Doch wenn allzu viele solche Wörter zusammenkamen, standen sie einander und dem, was sie ausdrücken wollten, im Weg. Bei dem Jungen erreichten sie dann weder Kopf noch Herz und versiegelten ihm zugleich den Mund: Zu etwas, was nicht zu verstehen war, gab es nichts zu sagen. Und trotzdem strengte er sich an, sich von dem, was er nicht verstanden hatte, so viel wie möglich zu merken.

Zugleich frohlockte der Junge, auch wenn er es nicht ganz zu zeigen wagte, war stolz und unendlich geschmeichelt, weil der erwachsene Mann nicht nachfragte, was das Kind verstand oder nicht verstand, auch nichts erklärte, ein Erwachsener, der ihm die schwierigsten Aufgaben anvertraute, denen der Junge sich nicht entzog, obwohl er jedes Mal zu scheitern fürchtete. Aber wenn er sich dann einer solchen Aufgabe annahm und tatsächlich scheiterte, behandelte ihn Onkel Acke so, als wäre das Scheitern die natürlichste Sache der Welt, nichts Bemerkenswertes, ganz einfach etwas, was uns allen von Zeit zu Zeit passiert.

Aber was die Ohren erreicht hatte, blieb dort, und bevor der Junge am Sonntagabend in seinem Bett zu Hause in der Ordenstrappan einschlief, nahm er gern ein Wort wie Scharlatan in den Mund, fast scheu, vorsichtig, als könnte er es aus Versehen zerbeißen; nur die Lippen und die Zunge bewegten sich, als sie versuchten, sich an ein Wort zu gewöhnen, das vielleicht lateinisch war, ein Wort aus einer toten Sprache, die der Junge jetzt in der Dunkelheit mithilfe des Mundes wieder lebendig zu kneten versuchte.

Auf dem Schreibtisch und auf dem Fußboden in Onkel Ackes Zimmer lagen Stapel von Kunsthandbüchern sowie Monografien und Mappen mit Reproduktionen der Werke von großen Meistern, die sie mieden, weil sie sich als übermächtig erweisen könnten, wenn man versuchte, sie nachzuahmen. Die beiden begnügten sich damit, diese Künstler zu studieren, mit denen sie den Vergleich scheuten. Zum Beispiel Rembrandt. Der Junge bewunderte ein Gemälde, das einen alten Mann mit einem goldenen

Helm zeigt. Der Glanz des Helms blendete ihn fast, obwohl sehr wenig Licht von der Grevgatan in das Zimmer hereinsickerte, ehe es auf das Bild fiel.

Aber wie viele gefälschte Rembrandts waren nicht im Umlauf!

Einige von ihnen hingen an einem Ehrenplatz in den berühmtesten Museen der Welt und galten an einer solchen Museumswand als echt. Auch als Fälschungen hatten sie es geschafft. Und dennoch lässt sich das Echte nicht nachmachen. Laut Onkel Acke verlangte das Echte die allergrößte Rücksichtslosigkeit, vor allem gegenüber sich selbst, und dazu wären der Junge und er selbst viel zu feige.

»Einer wie du oder ich schafft es nur, gegen jemand anders rücksichtslos zu sein. Nie gegen sich selbst.«

Einige der Bücher blieben aufgeschlagen auf den Lehnen des Sessels oder auf dem Schreibtisch liegen. Am nächsten Sonntag befanden sie sich für gewöhnlich immer noch am selben Platz. *Die Nachtwache* und *Die Verschwörung der Bataver* waren zwei der berühmtesten Gemälde von Rembrandt, aber da gab es auch ein Küchenmädchen, an dem der Junge nicht das Geringste entdecken konnte, was schlechter gemalt gewesen wäre. Die Bataver waren ein Volk, das es einmal gegeben hatte, das aber genau wie das Lateinische ausgestorben war. Ganze Völker konnten also wie Sprachen mit allen ihren Wörtern verschwinden, jedenfalls in früheren Zeiten.

Behutsam wandte Onkel Acke eine Seite in dem aufgeschlagenen Buch um; in Gedanken versunken blätterte er vor und zurück. Besonders die großen Tafelbilder, die ganze Buchseiten füllten, studierten beide gründlich. Fast alle waren schwarzweiß. Nackte Körper leuchteten krankhaft bleich von den Seiten. Unter der Haut der Männer strafften sich die Muskeln. Die Frauen waren entweder fett mit schweren Brüsten oder so schlank und zierlich, dass man sie für Knaben hätte halten können. Hier und da war das Geschlecht eines jungen Mädchens entblößt, aber ohne Schamhaar oder Spalte, von ganz glatter Haut umhüllt wie von einem Schleier. So hatte der Junge noch kein einziges lebendes Mädchen sehen können. Aber die Kunst erlaubte, was sonst unmöglich und verboten war, und der Junge fühlte sich merkwürdig erregt von dem, obwohl es nur auf dem Papier existierte. Dafür schämte er sich. Aber so groß war die Macht, die die Kunst über diese nackten und seit langem toten Mädchen gehabt hatte, dass offenbar keines von ihnen die geringste Scham zu empfinden schien, sich dem Künstler so zu zeigen, wie die Natur es erschaffen hatte.

Einige Tafelbilder interessierten Onkel Acke mehr als andere; auf diesen Seiten blieb Zigarrenasche. Sie sammelte sich zwischen den Seiten im Falz des Buches und konnte nur weggeblasen oder -gepustet werden. Und wie die Asche, so die Zigarre: Wenn sie erloschen war, blieb sie in Onkel Ackes Mund, ein vergessener und ausgebrannter

Stummel ohne Glut oder Rauch, trotzdem noch zwischen die Lippen geklemmt, als würde sein aufgeschwemmter Körper wie ein Ballon zusammenschrumpfen, wenn man sie entfernte.

Onkel Acke wurde von den Kindern der Familie auch Maiblume genannt. Im linken Knopfloch des Sakkos trug er eine kleine, runde grüne Stoffkokarde. Wenn er den Anzug wechselte, steckte er zuerst die Kokarde an den neuen Anzug. Die Kokarde glich den kleinen Papierblumen, die am 1. Mai auf Straßen und Plätzen für wohltätige Zwecke verkauft wurden. Aber es war keine Maiblume, sondern sie stand für die französische Ehrenlegion. In Frankreich wurde sie Personen verliehen, die sich besonders um das Land verdient gemacht hatten. Manchmal behauptete Onkel Acke, er habe sie aus der Hand des französischen Premierministers erhalten, ein anderes Mal, er sei in die französische Botschaft im Narvavägen bestellt worden, wo der Botschafter in Vertretung des Premierministers das Abzeichen an seinem Knopfloch befestigt habe.

Es erstaunte den Jungen, dass ein so vornehmes Land wie Frankreich nichts Besseres als Belohnung zu verteilen hatte als einen kleinen Stoffknopf. Aber insgeheim wünschte er sich auch eine solche französische Auszeichnung, obwohl es ihm viele Jahre später immer wahrscheinlicher erschien, dass Onkel Acke sie gestohlen oder auf einem Flohmarkt gefunden hatte. In einer Welt voller

Ungerechtigkeit und Missgunst war es doch am sichersten, sich selbst auszuzeichnen.

Aber bald war es Zeit fürs Essen, und noch war die Arbeit nicht vollendet. Sonntag für Sonntag bestand die wichtigste Aufgabe des Jungen darin, mit einem Schraubenzieher kleine Plaketten aus Messing an den Bilderrahmen zu befestigen. Diese Arbeit stellte hohe Ansprüche an Präzision, und oft biss er sich dabei auf die Zunge. Die Metallschraube war härter als der Rahmen, um die eigene Achse drehte sie sich immer tiefer in Holz oder Gips, die nachgaben, falls der Rahmen nicht platzte unter der Last einer so großen Zielstrebigkeit. Oder die Plakette drohte, schief auf dem Rahmen zu landen; in beiden Fällen auf Kosten der Kunst.

Auf die Plaketten hatte Onkel Acke verschiedene Künstlernamen gravieren lassen, oft zusammen mit zwei Jahreszahlen, die zeigten, wie erschreckend kurz ein solches Künstlerleben ist, obwohl Onkel Acke behauptete, Dichter und Komponisten würden noch früher sterben, und es gäbe immerhin zahlreiche Maler, die neunzig und manchmal fast hundert Jahre alt geworden seien.

Noch öfter als die Werke der alten Meister in seinen Handbüchern zu studieren war Onkel Acke auf der Jagd nach einem unbekannten oder vergessenen Künstler, der in einem solchen Buch nur deshalb vorkam, weil er dem Atelier eines Meisters oder einer sogenannten Schule zugeordnet werden konnte. In früheren Zeiten hatten die großen Meister Scharen von Gehilfen beschäftigt, die unter Aufsicht Hintergründe oder die einfachen Partien der Bilder malten, mit denen sich zu beschäftigen der Meister selbst keine Zeit oder Lust gehabt hatte. Nach und nach konnten solche Gehilfen zwar ein großes Geschick für Obstgärten im Gegenlicht oder ein Meer im Sturm entwickeln, waren aber nicht immer fähig, in den Wellen ein Schiff zustande zu bringen oder neben den Apfelkörben einen Gärtner, der nicht wie eine Vogelscheuche aussah.

Und die Meister verloren die Übersicht oder vergaßen, was auf dem Bild fehlte. Solche eigentlich unfertigen Werke zu signieren war deshalb selten in Frage gekommen.

Genau ein solcher Gehilfe aber war für Onkel Ackes Zwecke nützlich, da die Schule oder das Atelier ihm die Aura verlieh, die seine eigene Kunst vermissen ließ; lediglich eine Signatur fehlte auf diesem Meer im Sturm ohne Schiff oder diesen Gärten ohne Gärtner. Sobald ein Meer oder Garten aufgrund des Motivs oder der Pinselführung einer Schule oder Kunstrichtung zugeordnet werden konnte, ließen sie sich ziemlich einfach mit dem Namen eines dieser weniger bedeutenden Künstler versehen, von dem nicht einmal Spezialisten oder Sammler mehr als eine vage Vorstellung hatten.

Ein solcher Künstler war P. C. Ducray.

Das Schild mit P. C. Ducrays Namen hatte der Junge schon mit einem in eine Messing-Tinktur getauchten Lappen geputzt. Vorsichtig hatte er es dort angeschraubt, wo zwei Kreuze von Onkel Acke seinen Platz auf dem Rahmen markierten. P. C. Ducray war kein berühmter Künstler, vielleicht sogar ein Stümper. Trotzdem taugte sein Name dazu, den Preis eines Ölgemäldes zu erhöhen, das ohne Signatur sicherlich unverkäuflich gewesen wäre. Irgendwo musste Onkel Acke das Ölgemälde billig erstanden haben. Von Ducray wusste man nicht viel mehr, als dass er mit Vorliebe etwas rätselhafte Alltagsszenen gemalt hatte. Dieses Gemälde zeigte drei Männer an einem runden Tisch vor einem offenen Fenster; eine leichte Brise hob die dünnen Musselinvorhänge in den Raum herein, draußen sah es nach einem schönen Sommertag aus.

Der älteste der Herren war offenbar Pfarrer; Mantel und Kragen deuteten darauf hin. Der Pfarrer war damit beschäftigt, einen Brief zu lesen, den er in der rechten Hand hielt, während die beiden anderen ihn betrachteten, als erwarteten sie, dass er ihnen erklären oder vorlesen würde, was in dem Brief stand. Kam er von der Frau oder der Verlobten von einem von ihnen? Vielleicht war der Pfarrer der Einzige am Tisch, der lesen und schreiben konnte. Vor ihnen auf dem Tisch standen eine Weinkaraffe mit Gläsern und ein Zinnteller mit Aufschnitt, Brot und ein paar Paradeiser.

Doch der Pfarrer las weiter, ohne sich zu bedienen, versunken in den Brief, den er in der Hand hielt, und der offenbar so wichtig war, dass auch die beiden anderen sich mehr für den Inhalt des Briefes zu interessieren schienen als für das, was in ihrer Reichweite aufgetischt war. Doch dieser Zustand gespannter Erwartung würde im nächsten Augenblick einem anderen weichen: Freude oder Enttäuschung, an der die Betrachter der Bildes nicht beteiligt sein würden.

Draußen im Garten stand noch ein Mann mit einer langen Kreidepfeife im Mund; durch das offene Fenster lehnte er sich in das Zimmer, in dem die anderen saßen. Es erstaunte den Jungen, dass diese vierte Person genau wie die drei anderen Teil des Gemäldes war und auch wieder nicht, denn er sah aus dem Bild heraus direkt in Onkel Ackes Zimmer hinein, wo sein Blick dem des Jungen begegnete: als hätte er den Jungen plötzlich da entdeckt und interessierte sich mehr dafür, was er und Onkel Acke trieben, als für das, was um den Tisch herum geschah.

Der Mann mit der Kreidepfeife lächelte dem Jungen zu, ein breites Lächeln in einem hinterlistigen Gesicht mit Apfelbäckchen. Ich sehe dich wohl, sagten seine Augen. Du belauerst uns, sagte sein Lächeln. Du spionierst. Aber niemals wirst du etwas darüber herausfinden oder erfahren, was in dem Brief steht.

Trotzdem wusste der Junge, dass der Mann am Fenster ihn nicht sehen konnte, genauso wenig wie den Hund, den Onkel Acke unter dem Tisch auf das Bild dazugemalt hatte.

Irgendwann in den letzten Wochen musste der Hund dort hingeraten sein. Jetzt saß er unter der Tischplatte dicht neben einem Tischbein. Der Junge fand, dass er wie ein Mops aussah; schmutzig grau saß er da ganz still auf seinem Hintern. Obwohl nicht mehr als eine Woche alt, sah er aus, als hätte er schon immer dort gesessen und darauf gewartet, dass etwas Essbares auf den Boden fallen würde.

Besonders mit den Farben auf diesem Bild, denen des Malers und denen, die er selbst dazugemalt und vorsichtig nachgebessert hatte, erklärte sich Onkel Acke zufrieden. Der Junge pflichtete ihm bei. Jetzt gehörten sie alle Ducray. Und der Junge war überzeugt davon, dass der Hund aufgrund von Onkel Ackes grenzenloser Liebe zu China ein Mops geworden war: Von allen Hunden hielten die Chinesen den Mops für den vornehmsten, den besten Freund und angemessenen Begleiter eines Kaisers. Dieser Mops sollte China dankbar sein.

Trotzdem beunruhigte es den Jungen, was dem Mops unter dem Tisch zustoßen könnte. Über kurz oder lang würde man ihn entdecken, und es war keineswegs sicher, dass die Herren auf P. C. Ducrays Bild ihn dann in Frieden lassen würden. Der Mops gehörte da nicht hin. Es hatte nichts mit dem zu tun, was besprochen wurde, und Chinesen waren die Herren am Tisch keineswegs. Es bestand die große Gefahr, dass sie nach Onkel Ackes Hund treten oder ihn stupsen würden. Und streng genommen hatte P. C. Ducray auch nichts damit zu tun, obwohl er sich damit hatte abfinden müssen, auf der Leinwand und auf der Plakette seinen Namen zu hinterlassen. Aber noch war der Hund in Sicherheit, und der Junge fragte, ob er einen Namen habe.

Welcher Hund?

Der Mops auf dem Bild.

Das hatte er nicht.

Immer noch war Onkel Acke mit dem Bild nicht ganz zufrieden. Aber was getan worden war, konnte doch als Tagewerk gelten. Für diesen Sonntag waren Onkel Acke und der Junge mit P. C. Ducray fertig und hatten beide Hunger. Fast nichts weckt den Appetit so sehr wie Kunst, und jetzt sollte das Essen bereit sein, lange genug hatte man aus der Küche gehört, wie die Großmutter mit den Topfdeckeln geklappert und wie es in Pfannen und Töpfen gezischt hatte, in der Küche am anderen Ende der Wohnung, die nicht größer war als eine Abstellkammer.

An diesem Sonntag hatte der Junge vergessen, die Großmutter zu fragen, was sie auftischen würde, obwohl er wusste, dass es viel besser sein würde als das Essen in der Schule oder zu Hause, wo seine Mutter nicht viel Zeit in der Küche verbrachte. Die Großmutter lud zu einem richtigen Essen ein, auf französische Art, ein Essen für Erwachsene, das der Junge aber zu schätzen gelernt hatte, obwohl er noch nicht viel mehr war als eine Skizze oder ein erster Entwurf dessen, was mit der Zeit ein Erwachsener werden würde, ausgerüstet mit nicht mehr als seinem Heißhunger, um zu schätzen, was auf dem Teller serviert wurde.

Onkel Acke setzte sich in sein Vogelfauteuil. Es war ein ziemlich erfolgreicher, wenn auch recht anstrengender Sonntagvormittag gewesen. Der Junge wollte ihm gerade eine Frage zu P. C. Ducray stellen, als beide hörten, wie in Großmutters Zimmer etwas zu Boden fiel, und fast gleichzeitig einen halb erstickten Schrei wie von einem verwundeten Tier – aber es ist kein Tier, es ist Großmutter, die schreit.

Auf dem Boden und dem Teppich vor den Fenstern zum Hof lagen große kantige Glasscherben. Eines der Gläser, die vor einem angelehnten Fenster gestanden hatten, musste zu Boden gefallen und zersplittert sein, die Großmutter hatte wohl das Fenster geöffnet, um den Essensdunst auszulüften, und dabei vergessen, den Haken zu befestigen. Mehr hatte es nicht gebraucht; ein Windstoß mochte das Fenster aufgestoßen haben, und ihr Glas mit Motiven aus Wien stand im Weg.

Onkel Acke und der Junge begutachteten die Verwüstung. Hier war nicht viel zu machen. Alles in Scherben. Doch es erstaunte den Jungen, dass das Glas nur in eine Handvoll große Splitter zerbrochen war.

Die Großmutter sammelte Gläser mit gravierten und handgemalten Motiven, und dieses war über hundert Jahre alt, eines von denen, die ihr besonders lieb waren. Glas war ihr noch lieber als Porzellan. Dieses durchsichtige Material, das nichts verbirgt und keine Geheimnisse hat, schien sie mit Zärtlichkeit zu erfüllen und mochte sie daran erinnert haben, wie sehr sie sich genauso ihr eigenes Leben gewünscht hätte; und nun alles in Scherben.

Was konnte man tun? In verlegenem Schweigen standen Onkel Acke und der Junge da, in der Art von Schweigen, das zugleich Hilflosigkeit und die Scham darüber ausdrückt.

Der Junge fegte die Glasscherben auf dem Boden zusammen, während Onkel Acke versuchte, die Großmutter zu trösten. Erst setzte er sich zu ihr aufs Sofa. Still saßen die beiden Erwachsenen da nebeneinander. Aber dann begann er, ihre Wangen und ihre Hände zu tätscheln, ist ja gut, mein Herz, ist ja gut, mehr bekam er nicht heraus, ist ja gut, ist ja gut, mein Herz. Aus der Westentasche kramte Onkel Acke ein Schnupftuch hervor und gab es ihr. Die Großmutter nahm es.

»Ist ja gut, ist ja gut.«

Aber seine Worte hatten so wenig Wirkung, als wäre nichts gesagt worden, und auf einmal stand er auf und ging hinaus in die Küche, um sich wie üblich mit der Bratengabel und dem größten Küchenmesser des Sonntagsessens anzunehmen. An diesem Sonntag wurde *Coq au vin* serviert, ein Hahn in einem Rotwein aus Burgund. Burgund lag in Frankreich. Onkel Acke versuchte, die Stimmung aufzuheitern und die Großmutter und den Jungen davon zu überzeugen, dass es viel schlimmer sei, wenn jemand anders etwas zerschlage, das einem besonders lieb sei, besser schon, es selbst zu tun. Und der Großmutter war immerhin etwas gelungen, was nicht einmal die Türken über die Jahrhunderte geschafft hatten, trotz wiederholter Versuche, mehrerer Belagerungen und einer für ihre Zeit sehr modernen Artillerie.

Aber die Großmutter mochte nichts mehr über die Belagerung von Wien hören. An diesem Sonntag wollte sich die richtige Stimmung bei Tisch nicht einfinden. Man aß schweigend einen ziemlich zähen Hahn, der trotz des französischen Namens ein Huhn hätte sein können. Die Großmutter rührte das Essen auf dem Teller kaum an, auch dem Jungen war der Appetit vergangen, und während der gesamten Mahlzeit dachte er an die Stadt Wien, eine Stadt, von der er nicht mehr wusste, als dass sie sich nicht zusammenkleben oder leimen lassen würde, zerstört für immer, wie sie an diesem Sonntag war.

Auf Großmutters Glas waren die Karlskirche und die k. k. Polytechnische Schule in Wien abgebildet. Im Vordergrund schlängelt sich der Fluss gleichen Namens wie die Stadt sacht durch eine Landschaft mit Wiesen und Laubbäumen, die heute verschwunden sind, während der Fluss in einem Korsett aus Stein und Beton zu einem Bach zusammengeschnürt wurde, der nicht einmal dazu taugt, sich darin zu ertränken.

K. k. steht für kaiserlich-königlich. Das Glas kam aus der Werkstatt von Anton Kothgasser und muss irgendwann in der ersten Hälfte des 19. Jahrhunderts gefertigt worden sein, bevor k.u.k. – kaiserlich und königlich – durch den sogenannten Ausgleich zu der üblicheren Abkürzung wurde. Ebenso bürokratisch wie diskret enthüllt diese sprachliche Veränderung, dass die Habsburgermonarchie nach der Niederlage Österreichs im Krieg gegen die Preußen im Jahr 1867 in eine österreichische und eine ungarische Hälfte gespalten wurde. In der ungarischen Hälfte war der österreichische Kaiser aber nur König.

Das Glas gehörte zu den Gegenständen in der Grevgatan, die die Großmutter vor dem Krieg in Frankreich gekauft hatte, oft auf dem Flohmarkt an der Place de Clingancourt in Paris oder in Dörfern, deren Namen sie schon längst vergessen hatte. Seltsam aber, wie Wien in der Dordogne landen konnte. Sie hatte ihr österreichisches Glas nur deshalb gefunden, weil es zufällig neben einer Bonbonniere aus der berühmten Glashütte in Daumè-Nancy stand, einer Schale aus olivgrünem Überfangglas mit kleinen Medaillons auf dem Deckel und an den Seiten der Schale, die Angler zeigten. Diese Fischer, sogenannte *pêcheurs à la ligne*, standen oder saßen unter Weiden entlang der Ufer eines unbekannten Flusses. Ihre langen Angeln ragten über das Wasser hinaus oder in einen durchsichtigen Glashimmel hinein. Mehrere der Angler hatten Stummelpfeifen im Mund; sie rauchten oder saugten an kalten Pfeifen, während sie darauf warteten, dass etwas anbiss.

Zuerst hatte sich die Großmutter für die Bonbonniere interessiert, aber sie erwies sich als viel zu teuer. Auf einem solchen Niveau mit dem Handeln zu beginnen war nicht denkbar, noch dazu hatte der Händler ihr den Rücken zugekehrt, als hätte er alle Zeit der Welt, aber auf einem Flohmarkt ist die Zeit knapp: Jemand kann einem zuvorkommen und einen Gegenstand wegschnappen, einen Augenblick nachdem man ihn selbst entdeckt hat. Die Großmutter hatte weitergehen wollen, dann aber das Glas entdeckt, was nicht möglich gewesen wäre, hätte sie sich nicht zuerst mit der Bonbonniere beschäftigt.

Unbeschädigt. Und hier, in der Dordogne, war Kothgassers Glas ausländisch und billig gewesen.

Es war ein reines Schmuckglas, ausschließlich fürs Auge hergestellt; was Kothgasser geschaffen hatte, existierte um seiner Schönheit willen. Als Gegenstand war es unbrauchbar, keinem Menschen wäre es eingefallen, daraus zu trinken. Schon in der Zeit des großen Glaskünstlers wurde ein solches Glas in einer Vitrine oder auf einem Sekretär zur Schau gestellt. Dass die Großmutter es gut hundert Jahre später zwischen ihre Topfpflanzen auf das Fensterbrett gestellt hatte, schien die Befürchtungen meines Vaters im Hinblick auf das Bohemeleben in der Grevgatan nur zu bestätigen.

Das Glas, wie ich es in Erinnerung habe, war nicht höher als gute zehn Zentimeter, mit einem breiten, plumpen Fuß, der dem eines Elefanten glich. Bei diesem Tier ist es nicht leicht zu sagen, wo das Bein endet und der Fuß anfängt. Kothgasser hatte den Fuß des Glases geriffelt, vergoldet und dann die handkolorierte Stadtansicht eingerahmt, die, umrankt von einigen goldenen Arabesken, die Karlskirche und die Polytechnische Schule darstellte.

Hob man das Glas vorsichtig in das Licht, das in Großmutters Zimmer durch die Fenster fiel, zeichnete sich ein Stück Wien zwischen Auge und Himmel ab: aber eine sonderbar leere Stadt, ohne die Menschen, die doch darin wohnen mussten, als hätte Kothgasser die Einwohner der Stadt als überflüssig oder ganz einfach als störend empfunden, sich ausschließlich für Kirchtürme, Fassaden und die etwas steifen Laubbäume im Vordergrund interessiert.

Diese Misanthropie war störend. Kothgassers Wien war gespenstisch, als gehörte die Stadt in einen Albtraum oder wäre von ihren Einwohnern panikartig verlassen worden. Ein wolkenverhangener Himmel türmte sich hinter der Karlskirche auf. Obwohl die Wolken ebenso gut Rauch sein konnten, der vom Brand in einer der Wiener Vorstädte zum Himmel aufstieg, stickiger Rauch von Feuersbrünsten, die dort wüteten, jedoch versteckt hinter dem, was man sah, wenn man das Bild betrachtete.

Viele Jahre später sollte ich ein ähnliches Glas auf dem Flohmarkt von Wien in der Hand halten. Er befand sich damals immer noch auf dem Platz Am Hof im ersten Bezirk, von wo er erst Ende der siebziger Jahre zum Naschmarkt im sechsten Bezirk umziehen würde. Mit großer Wahrscheinlichkeit stammte das Glas aus Anton Kothgassers Manufaktur, Kunstglas, das schon damals sehr selten zu werden begann und deshalb oft kopiert oder gefälscht wurde. Wie Onkel Acke es mich gelehrt hatte, drehte ich es um, wegen der feinen, unregelmäßigen Kratzer an der Unterseite des Fußes, die den neu hergestellten Gläsern fehlen und die von den Fälschern gewöhnlich vergessen werden; solche Kratzer sind eines der sichersten Zeichen für alte und echte Ware.

Hatte das Glas solche Kratzer?

Ich weiß es nicht mehr. Ich erinnere mich auch nicht an das Motiv des Glases oder daran, was es kosten sollte, nur dass ich es vorsichtig zurück an seinen Platz stellte. Vermutlich war das ein Fehler. Auf einem Flohmarkt kommt es vor, dass man bereut, was man kauft, öfter jedoch bereut man, was man nicht gekauft hat. Im Nachhinein will ich nicht ausschließen, dass es das einzige Mal war, dass ich den Flohmarkt besuchte, als er sich noch auf dem Platz Am Hof befand. Jedenfalls ist es so lange her, dass ich mich an nichts anderes erinnere als an dieses vermutlich echte Kothgasserglas, das ich nicht kaufte, und an einen grauen, milden Wintertag mit leichtem Schneefall.

Schnee fiel in Wien sehr früh an diesem Morgen. Die Händler hatten hier und da Plastikfolien über ihre Waren gelegt, regungslos und traurig betrachteten sie, wie diese langsam verschwanden; mit der Hand musste der Kunde den Schnee von den Gegenständen wegfegen, die zum Verkauf standen.

Kurz darauf zog der Flohmarkt in den sechsten Bezirk; ein paar Jahre später folgte ich ihm. Der Platz Am Hof hatte sich als zu beengt für einen Flohmarkt erwiesen. Denn kein Flohmarkt lässt sich wie ein Fluss in ein Bett zwängen, das er sich nicht selbst gegraben hat, wie ein nicht regulierter Strom muss er über seine Ufer treten können, ohne Rücksicht auf Form oder Richtung, mit ständigem Raum für immer mehr Sachen und Dinge.

Aber mitten in Wien gab es keinen solchen leeren Platz. Hier ist der offene Raum schon seit Jahrhunderten abgesteckt und in seiner endgültigen Form erstarrt, während die Häuser rings um den Platz Am Hof mit ihren strengen, abweisenden Fassaden unmissverständlich klarmachen, dass ihre Grenzen nicht verhandelbar sind. Am Hof ist ein autistischer Platz, der sich selbst überaus ernst nimmt. Er ist nur mit den menschlichen Grundbedürfnissen beschäftigt: Die große Feuerwache an der Nordseite des Platzes ist dafür da, die irdischen Güter zu schützen, die Kirche der Kroaten gegenüber, sich um die geistlichen zu kümmern. Solche noble Tätigkeiten gehören dorthin, während der Ramsch und die Vergänglichkeit, mit der ein Flohmarkt zu tun hat, als Hohn auf diese schützenden und bewahrenden Institutionen verstanden werden kann. Zusammen unterstreichen die Feuerwache und die Kirche, dass Am Hof ein Platz ist, der sich für den Menschen weit wichtigeren Dingen widmet als dem Schachern mit Dingen, die man auf einem Dachboden oder in einem Keller gefunden hat.

Vor allem aber fehlte dem Platz Am Hof das Umfeld, das jeder Flohmarkt braucht: Stadtviertel an der Grenze zum Verfall, Läden mit Schildern »Auslage in Arbeit« und schmutzigen Fenstern, Lokale von zweifelhaftem Ruf, Cafés, die erst ein paar Stunden vor dem Morgengrauen zumachen, Treffpunkte, wo ein Einkauf vom Flohmarkt begutachtet oder ein Geschäft abgeschlossen und begossen werden kann, was – angesichts der frühen Stunde – leicht zu allzu vielen Gläsern führen kann. Selbst der märchenhafteste Flohmarktfund kann so in kurzer Zeit zu einem richtig schlechten Geschäft werden. Wie ihre Kollegen im ersten Wiener Bezirk nehmen die Kellner in solchen Lokalen Bestellungen für Kaffee oder Wein entgegen, servieren auch nach Schließung der Küche ein Gulasch, ein Paar Frankfurter oder Debreziner, sind aber darüber hinaus sehr sachkundig bei der Begutachtung der Flohmarktfunde, wenn sie hier noch einmal den Besitzer wechseln.

Ein solches Lokal war lange Jahre das »Mario« am Naschmarkt. Es hatte fast rund um die Uhr geöffnet, und die Kellner waren mit den Flohmarktgeschäften genauso vertraut wie mit den Gewohnheiten und Wünschen ihrer Stammgäste. Hunde waren ebenso willkommen wie zahlende Besucher, manche Kellner betrunkener als die Gäste an den Tischen, die auf Bedienung warteten. In feierlichem Schweigen konnte ein solcher Kellner in diskretem Abstand vor dem Tisch stehen bleiben, an dem ein Gegenstand vom Flohmarkt gerade den Besitzer wechselte, bereit, seine Meinung anzubieten, falls er gefragt würde; und gefragt wird er, früher oder später, und was der Kellner dann meint – oft nur mit ein oder zwei Gesten, die einen Sachverhalt eher andeuten als feststellen –, entscheidet nicht selten die Verhandlung, ohne dass einer der Betroffenen sich gekränkt fühlt.

Aber selbst den Flohmarkt zu besuchen würde solch einem Kellner niemals einfallen.

Auch die Antiquitätenhändler in der Singerstraße, in den Gassen rings um den Judenplatz oder in den Häuserblocks zwischen Kohlmarkt, Stallburggasse und der Albertina ließen die Adresse Am Hof nicht als geeigneten Platz für einen Flohmarkt erscheinen. Oft verdirbt deren Nähe die Illusion von unentdeckten Schätzen, die einem Flohmarkt anhaftet. Trotzdem gehören diese Läden zu seinem Kreislauf, zu dieser Verwandlung von Ramsch in eine neue und höhere Existenz. Allerdings haben sie die Rolle von Bestattungsunternehmern: So wie der Verstorbene rasiert, gekämmt und sogar gepudert wird, ehe er im Sarg landet, wird der Ramsch in ihrer Obhut herausgeputzt und mit Echtheitszertifikaten versehen, jedoch um den Preis, das zu verlieren, was mit Trouvaillen und Leben zu tun hat.

Die Antiquitätenhändler sind als Erste am Platz. Sie wissen immer, worum es geht. Der Versuch, am frühen Morgen vor den Händlern auf dem Wiener Flohmarkt zu sein, ist zum Scheitern verurteilt. Ich habe es probiert. Aber sie sind immer schon da. Oder sie sind schon wieder fort. Im Sommer sind sie mit dem Hund zur Stelle und im Winter mit Taschenlampen ausgerüstet; die in der Dunkelheit umherirrenden Lichtkegel zeigen, dass ich auch an diesem Morgen zu spät dran bin.

Aber auch in den Stunden zwischen Nacht und Morgengrauen ist die Autorität der Antiquitätenhändler so groß, dass der unkundige Verkäufer sich ohne Protest ihrem frechen Angebot unterwirft. Wir anderen, enthusiastische Amateure, müssen uns mit dem begnügen, was die professionellen Händler verschmähen. Wenn einer von ihnen sich nähert, unrasiert und verärgert, weil er an diesem Samstagmorgen nicht ausschlafen konnte, ziehen wir uns sofort zurück und machen ihm Platz. Wie ein Schwarm von Verehrern oder geprügelten Hunden weichen wir sofort zurück und halten Abstand. Unsere Hoffnung ist es, von der Kenntnis der Händler zu profitieren, wenn der geforderte Preis als zu hoch verworfen oder ein Gegenstand als Nachahmung oder unecht abgetan wird. Auch derjenige, der hier seine Ware anbietet und sich vorgenommen hat, sie so teuer wie möglich zu verkaufen, fügt sich ohne Proteste dem schändlichen Angebot der Antiquitätenhändler, mit der Untertänigkeit dessen, der weiß, dass er übers Ohr gehauen wird, es sich aber nicht leisten kann, das einzugestehen.

Wenigstens in der Rolle als Käufer ist ein Antiquitätenhändler eine Art Künstler oder Artist. Er wartet lange, bis er sein Angebot macht, als wäre der Gegenstand, um den es geht, eigentlich nicht der Mühe wert und sein Angebot eher eine Gunst. Ein Antiquitätenhändler will gern den Eindruck erwecken, es handle sich um einen Akt der Wohltätigkeit. Wenn der Besitzer des Gegenstands dennoch zögert, wird er ärgerlich; schlägt er nicht sofort ein, ist das für ihn eine Beleidigung. Auch wenn das Geschäft abgeschlossen ist, verblasst dieser Ärger nur langsam, kann auch wieder auflodern, aber nun auf Sparflamme, ein theatralischer, ganz und gar gekünstelter Ärger, der den Betrogenen in die Überzeugung einlullen soll, dass er für seine Ware das Äußerste bekommen hat, ja sogar etwas mehr; aus reiner Dankbarkeit bietet der Betrogene dem verärgerten Händler eine Zigarette oder einen Schnaps an, den dieser ablehnt, aber jetzt mit einer kollegialen Freundlichkeit, die den Betrogenen beinahe glücklich macht.

Nur sehr wenige dieser Antiquitätenhändler zahlen korrekte Preise, wobei es dann mehr um künftige Geschäfte geht als um Anständigkeit. Samstags sind ihre Läden manchmal zugesperrt und die Metalljalousien heruntergelassen. Aber unter der Woche kann man sie in der Innenstadt besuchen. Auf eigenem Boden treten sie auf wie die Regenten halb vergessener Fürstentümer. Kommt man von der Straße herein, ist das Innere des Ladens verführerisch dunkel und still, ein Halbdunkel und eine Stille, die den Kunden in Sicherheit wiegen sollen. Meistens sind die Händler eleganter als ihre Kunden und leisten es sich, sie von oben herab zu behandeln, was gewöhnlich weniger für ihre Waren spricht als für ihre unverschämten Preise. Im Hinblick auf die Ladenmieten im ersten Bezirk ist das keine besonders gewagte Vermutung.

Es kommt vor, dass ich die Händler ohne jede Kaufabsichten besuche, nur um meine eigenen Besitztümer mit den ihren zu vergleichen. Oder um mich über die Preise zu informieren; dass ihre Kenntnis größer ist als sogar die der Kellner, bezweifle ich nicht. Jeder einzelne Gegenstand ist mit der Lupe und der Preisliste in der Hand untersucht worden, damit nichts den Laden verlässt, was nicht den höchstmöglichen Marktpreis erzielt hat, und da die Händler dazu französische, englische und italienische Auktionskataloge studieren, zählen zu dem Markt auch Paris, London oder Mailand, nicht nur Wien und München.

Das hat aber Folgen. Die Häuserblocks um den Platz Am Hof sind ganz einfach zu elegant für einen Flohmarkt, auch fremd im Vergleich zu dem, was ich aus dem Stockholm meiner Kindheit kenne. Dort hatte Großmutter mich oft zu ihrer Freundin Fräulein Vibeck mitgenommen. Ihr Antiquitätenladen war armselig. Auch Fräulein

Vibeck war so unscheinbar und unbedeutend, dass es sie schon mit stiller Freude erfüllte, wenn sie sich nur in der Nähe meiner Großmutter befand. Ihr Laden bestand aus einem einzigen Raum, nicht besonders groß und mit nur wenigen Dingen. Darunter war fast nie etwas, was mich als Kind interessierte. Stickereien, Tischtücher, ein Gestell mit Spazierstöcken und der eine oder andere Regenschirm. Ein paar verschlissene Handtaschen in Petit Point, diverse Schmuckstücke und Broschen in einer Vitrine, auf schwarzen Samt gebettet; Sachen eher für Mädchen als für Jungen.

Fräulein Vibecks Kleider waren ebenfalls aus schwarzem Samt und wirkten staubig. Schwarz war auch die einzige Farbe, die für Großmutter taugte. Ihre Kleider glichen einander wie ihre Einsamkeiten, aber bei Großmutter waren sie von vornehmerer Art; ihre Kleider waren aus Seide, auch ihre Einsamkeit schimmerte in einem mattschwarzen Glanz, auf den weder die Garderobe noch das Alleinsein von Fräulein Vibeck einen Anspruch erheben konnte.

Woher ihre Sachen kamen, war nicht leicht zu erraten. Geld schien sie nie zu haben, und wenn Großmutter und ich auf Besuch kamen, servierte sie uns Tee ohne Zucker oder Zitrone. Die Damen pflegten ein oder zwei Stunden zu verplaudern, selten von Kunden unterbrochen. Mir war langweilig. Aber höflich verhielt ich mich still und stumm, überzeugt davon, dass alles so war, wie es sein sollte: So ging es in der Welt der Sachen und Dinge zu, trotz allem weit sicherer als in der Menschenwelt.

Fräulein Vibecks kleiner Laden lag im unteren Abschnitt der Sibyllegatan. Im oberen, zwischen Östermalmstorg und bis zum Karlavägen, gab es mehrere Antiquitätenläden und Geschäfte, aber der untere Teil der Sibyllegatan bis zum Strandvägen war öde, er war schmutzig und düster und galt als ungeeignet für Geschäfte; wer sich zu Fuß durch die Stadt bewegte, zog es vor, die Nybrogatan hinunter zum Nationaltheater und zum Wasser zu nehmen.

Die Dinge, die es in Fräulein Vibecks Laden gab, blieben oft bei ihr. Ich kannte so manche Gegenstände, die es seit Jahren dort gegeben hatte und die sich mit der Zeit, fast unmerklich, von käuflichen Waren zu festen Bestandteilen der Einrichtung verwandelt hatten. Während der Tee abkühlte, unterhielten sich die beiden Frauen; Großmutter sprach und unterstrich das, was sie zum Ausdruck bringen wollte, indem sie hin und wieder mit dem Stock an die Tischkante klopfte, während Fräulein Vibeck mit leicht geneigtem Kopf lauschte, wie eine treue Magd oder eine vertrocknete Topfpflanze (»Ohne die Papiere wenigstens auf ihre Echtheit hin zu prüfen, du liebe Zeit, ist so etwas möglich in unseren Tagen!«). Fräulein Vibeck schwieg (»Und nie, liebe Karin, nie länger als zwölf Minuten!«). Nur in Ausnahmefällen schien sie etwas zu sagen zu haben, was Großmutter hätte interessieren können, zog es aber meist vor, sich zurückzuhalten, als würde dieses untertänige Schweigen sie noch stärker mit ihr verbinden.

Drinnen im Laden plauderten sie, während der Verkehr draußen auf der Sibyllegatan Fräulein Vibecks Fensterscheiben zum Klirren brachte, die Straßenbahn quietschend vorbeifuhr und danach der Bus, und nur selten geschah es, dass ein Kunde sich von der Straße hereinverirrte, eher aus Versehen als mit Absicht, sich verwirrt umsah und schließlich nach dem Preis einer Sache im Schaufenster fragte, zerstreut und ohne wirkliches Interesse, mehr als Vorwand, um dann wieder gehen zu können. Aber nicht einmal solche Unterbrechungen, Zeichen des Lebens da draußen, brachten Großmutter und Fräulein Vibeck aus der Fassung, und bald waren sie wieder in ihr Gespräch vertieft.

Die untere Sibyllegatan war kein guter Platz für einen Antiquitätenladen, und Am Hof in Wien war der falsche Platz für einen Flohmarkt. Die Bewohner der Häuserblocks rings um diesen Platz sind reiche und selbstbewusste Menschen, deren Salons schon mit teuren Erbstücken und allerlei Krimskrams vollgestopft sind. Man kann sich schwer vorstellen, dass sie auf Dauer einen Flohmarkt in der Nachbarschaft haben wollen: Der Gedanke, dass ein solcher gleich um die Ecke läge, ist vielleicht pittoresk, aber bei genauer Betrachtung doch nicht besonders ansprechend, sogar beunruhigend. Würden nicht diese Gegenstände – manchmal auch Diebesgut – Leute mit ganz anderen Gewohnheiten und Überzeugungen anziehen, wovor auch eine billige Kristallvase keine echte Kompensation wäre? Und könnten diese Leute so viel besser sein als das, womit sie handelten?

Genau genommen bedeutete der Flohmarkt Am Hof eine Art Eingriff oder Bedrohung. Ein Flohmarkt in Wiens erstem Bezirk rüttelte an den hierarchischen Vorstellungen der Stadt, die ebenso fixiert und festgelegt sind wie die Grenzen des geografischen Raums und in direktem Gegensatz zu der Unordnung und den sozialen Tragödien stehen, von denen ein Flohmarkt oft lebt.

Heute ist die Ordnung wiederhergestellt. Seit dem Ende der siebziger Jahre liegt der Platz Am Hof verlassen da, ohne dass sich jemand erinnert, was sich früher dort abzuspielen pflegte. Wiens Flohmarkt ist zum Naschmarkt weitergezogen, wo er besser hinpasst und wo ich ihn mehr in meiner Nähe habe; höchstens eine Viertelstunde brauche ich, um ihn zu Fuß von der Liniengasse aus zu erreichen, seinerzeit der *Limes* für das römische Legionslager Vindobona. Mariahilf ist auch mein Bezirk, Wiens sechster, im Norden begrenzt von der langen Mariahilfer Straße, die als fast schnurgerade Prachtstraße zwischen der Hofburg des Kaisers und seiner Sommerresidenz Schönbrunn angelegt wurde, und im Süden vom Naschmarkt oder – der für Wien ungewöhnlichen Präzision halber – vom Fluss mit demselben Namen wie die Stadt.

Die Wiener kennen den Namen des Flusses, aber nicht alle haben ihn gesehen. Auch auf dem zerschlagenen Kothgasserglas der Großmutter hätte man ihn nicht erkennen können. Die Wien ist heute ein reguliertes, ganz unbedeutendes Rinnsal, auch wenn sie der Stadt ihren Namen gegeben hat. Der Wasserlauf, der hier durch das Zentrum von Wien fließt, um sich jenseits davon mit dem Donaukanal und schließlich der Donau zu vereinen, ist ein seichtes, schnell fließendes trübes Gewässer, auf dessen Grund man zu gewissen Jahreszeiten sehen kann, dann ist es eher ein Frühlingsbach als ein richtiger Fluss. Und hin und wieder gibt es überhaupt kein Wasser zu sehen.

Gelegentlich streiten die Wiener ab, dass dieses Gewässer der Fluss Wien ist. Vielleicht fühlen sie sich davon gekränkt, dass etwas, was zeitweise an einen Abwassergraben erinnert, der Fluss sein sollte, der denselben Namen trägt wie ihre Stadt. Manche behaupten sogar, die echte Wien fließe weiter südlich, parallel zu dem, was sich hier nur als dieser Fluss ausgebe, jedoch unterirdisch, und diese Nähe fast ohne Berührung sei die einzige Gemeinsamkeit dieser beiden Gewässer, wie ja vieles in dieser Stadt nie auf eine harmonische Vereinigung hoffen kann und das Allermeiste, was von Bedeutung ist, gerade im Verborgenem geschieht.

Nicht mehr als vielleicht ein paar hundert Meter trennen die Mariahilfer Straße vom Naschmarkt und dem Fluss Wien, aber hier und da mit einer Höhendifferenz von immerhin dreißig Metern. Ein solcher Niveauunterschied ist dramatisch, wenn man bedenkt, dass der Stadtteil nicht besonders groß ist. Und der Niveauunterschied bestimmt den Charakter von Mariahilf: Wiens sechster Bezirk befindet sich buchstäblich auf der schiefen Ebene, stürzt sich von einer Anhöhe im Norden hinunter zu einem Fluss ohne Wasser im Süden, ein Stadtteil, der jederzeit zu kentern droht, bevölkert von sogenannten kleinen Leuten und einer großen Anzahl von verkrachten Existenzen einer Art, wie sie im Zentrum anderer europäischer Großstädte selten geworden ist.

Parallel zur Wien und dem Flohmarkt, aber hoch darüber, verläuft die Prachtstraße des Kaisers über den niedrigen Bergrücken, der Mariahilf von dem angrenzenden Stadtteil Neubau im Nordosten trennt. Die Stadt Wien hat sich hier angepasst und die Natur benutzt, ihr aber, wie wir sehen werden, auch Gewalt angetan.

Auf der Mariahilfer Straße fuhr Franz Joseph mit Pferd und Wagen zwischen der Hofburg und Schönbrunn hin und her, gefeiert von den Wienern sowohl auf der neubauischen wie der mariahilferschen Seite, Untertanen, die den Hut lüfteten und sich verbeugten, und der Kaiser hob seine weiß behandschuhte Hand und erwiderte ihre Grüße, während er ihnen gnädig sein Gesicht zuwandte, und die Untertanen auf der linken Seite der Mariahilfer Straße waren dem Kaiser damals genauso wichtig wie die auf der rechten, gleich einem gutmütigen Oberlehrer, der wohl ahnte, dass dieser Menschenhaufen in dieser früher noch ländlichen und nur rasch und nachlässig urbanisierten Vorstadt im Grunde aus ziemlich anständigen Leuten bestand.

Franz Joseph ist schon seit fast hundert Jahren tot. Aber die Untertanen haben ihn überlebt, und viele von ihnen sind in diesem Viertel geblieben. Fast alle kommen aus dem, was früher im habsburgischen Reich die östlichen Provinzen waren, und werden in Wien Tschuschen genannt, ein hässliches Wort, das so klingt, als wolle man eine Katze verscheuchen. Doch die Untertanen haben sich nicht vertreiben lassen. Vielmehr haben sie die Mariahilfer Straße zu ihrer eigenen Prachtstraße oder eher einem Korso gemacht; im kollektiven Unterbewusstsein ist die Mariahilfer Straße auch ohne Franz Joseph die vornehmste von allen Avenuen, obwohl die Leute, statt vor dem Kaiser oder König (je nachdem, woher sie kommen) den Hut zu lüften, heute hier ihre Einkäufe von Waren tätigen, die es in ihren Heimatländern nicht zu kaufen gab. Und dabei sind sie geblieben, auch wenn es das, was es früher nicht gab, jetzt dort zu kaufen gibt.

Oder alles ist ein Missverständnis von der Art, wie es in Wien üblich ist: Keiner kauft hier mehr, was es früher nicht gab, was jetzt aber im Überfluss vorhanden ist. Und die früheren Untertanen des Kaisers wären schon lange von der Mariahilfer Straße verschwunden; das einzig Sichere ist, dass hier keine Hüte mehr gelüftet werden (außerdem fehlen heutzutage die Hüte). Stattdessen ist die Mariahilfer Straße von Türken, Kurden, Arabern, Afrikanern und anderen Völkern übernommen worden, die nie die Untertanen des Kaisers gewesen sind und vielleicht nicht einmal von ihm gehört haben.

Trotzdem kann nichts ganz und gar verschwinden, was es tatsächlich einmal gegeben hat, und das Wenige, was es doch noch gibt, hilft, uns an das zu erinnern, wovon es früher so viel mehr gegeben hat. So bestätigen die Namen der Straßen in Mariahilf, dass dieser Stadtteil vor nicht allzu langer Zeit von Handwerkern bevölkert war, die auf allerengstem Raum, wie in einem Bienenstock, wohnten. Oft lebten sie in ihren Werkstätten. Alle diese Handwerker sind fort, es gibt sie nicht mehr, aber ihre Berufsbezeichnungen sind noch da. Die Straßen von Mariahilf haben sie übernommen: Sie sind benannt nach Gerbern, Müllern, Webern oder auch Eismachern, die es nicht mehr gibt; die Namen sind geblieben, aber nicht die Berufe, nach denen sie benannt sind. Nur den einen oder anderen Goldschmied. In der Münzwardeingasse gibt es einen solchen (Czerny), aber man kann nicht wissen, ob er sich hier niedergelassen hat, weil die Straße so heißt, wie sie heißt, oder ob er der Letzte von allen ist, die es früher hier gab und nach denen die Straßen damals benannt wurden.

Die Teppichhändler hingegen kommen und gehen. Der Perser in der Stumpergasse bessert meine Teppiche aus. Die anderen wandern wie Nomaden in Wiens sechstem Bezirk herum, ziehen in leere Läden ein oder lassen andere ebenso leer zurück, während Bäckereien, Trödelläden, Cafés, Buch- und Papierhändler für immer verschwinden, wenn sie dichtgemacht haben. Doch es gibt in Mariahilf immer noch Läden, die nichts anderes verkaufen als Nähmaschinen, Modelleisenbahnen, Masken für den Fasching oder Reißverschlüsse, während Friseure, Masseure oder Pediküren, die sich um die Körperpflege kümmern, fortfahren, auch für die Seele zu sorgen; die Fußpflegerin in der Stumpergasse denkt gern laut darüber nach, wie kurz das Leben ist, während sie meine Fußnägel schneidet, und auf der anderen Straßenseite kehrt der Friseur meine Haare auf dem Fußboden zusammen, während er versucht, mich davon zu überzeugen, wie all das Weiße und Graue mit ein wenig Beistand eine andere und jugendlichere Farbe bekommen könnte; und man muss davon ausgehen, dass diese eingehende Beschäftigung mit dem Körper der Kunden, mit dem, was faktisch und physisch existiert, etwas ist, das die Phantasie der Fußpflegerin oder des Friseurs in Bewegung setzt und sie auch über weniger Lukratives wie Vergänglichkeit und Tod laut nachdenken lässt.

Denn zum größten Teil wird das Dasein in einem Stadtteil wie Mariahilf von dem bestimmt, was es nicht mehr gibt, vor allem die Menschen, die einem eines Tages fehlen. Plötzlich sind sie nicht mehr da. Aber seit wann? Und wie ist es dazu gekommen? Die halb bekleidete Dame im Haus gegenüber, die für einen Kommerzialrat (ein in Wien gekaufter Titel) die Hemden wusch und bügelte? Der Invalide, der in einem Keller in der Bürgerspitalgasse Leder für die Anfertigung von Brieftaschen, Portemonnaies und kleineren Taschen zuschnitt, deren Metallschlösser im Schaufenster in der Sonne glänzten? Die Geisteskranke, die in einem verschmutzten Mantel an den Straßenkreuzungen in dem Viertel zwischen der Gumpendorfer Straße und der Liniengasse stand und mit sich selbst schimpfte und hin und wieder ihren fleckigen Mantel betrachtete, als wäre er ein Skandal? Die zwei Vormittagsnutten am oberen Ende der Bürgerspitalgasse, gesetzte ältere Damen in Stöckelschuhen, beide verschwunden, nachdem ihr Café zu einem Dönerimbiss geworden ist? Die ehemalige Nonne mit ihrem von Alkohol und Pillen aufgeschwemmten Gesicht, vermutlich in dem Beisl schräg vis-à-vis des Klosters (»Mütterhaus der Barmherzigen Schwestern vom heiligen Vinzenz und Paul«) erworben, obwohl möglicherweise auch Alkohol und Pillen die Ursache waren, dass sie im Kloster landete, nicht umgekehrt?

Wo sind sie alle geblieben?

Doch niemand und nichts verschwindet für immer. Mariahilf bemüht sich, auch seiner unbedeutenden Einwohner ohne Talent und Ehrgeiz zu gedenken, kaum eine Großtat ist ja von hier zu berichten, und von dieser Anstrengung zeugen sowohl Straßennamen wie Inschriften.

Wer war Alfred Porges? Therese Sip, Peter Cornelius? Oder Franz Isidor Proschko? Von Viktor Matejka wissen wir immerhin noch, wer er war, aber nur, weil er vor nicht allzu langer Zeit noch unter uns weilte.

Peter Cornelius war Maler (Historienmaler) und sein Neffe Opernkomponist. Aber die Corneliusgasse ist ein so kleines Gässchen, dass man sich schwer vorstellen kann, wie sie für zwei Berühmtheiten reichen soll, auch wenn sie zufällig eng verwandt sind. Doktor Proschko war Dichter, und die Erinnerungstafel an dem Haus, in dem er am 6. Februar 1891 starb, ist so hoch oben an der Hauswand angebracht, dass seine Unsterblichkeit gesichert scheint, auch wenn damit nichts über die Qualität seines Werks gesagt ist.

Wer in Mariahilf danach strebt, dass eine Straße oder vielleicht ein kleinerer Park nach ihm benannt wird, für den ist es aber vorteilhafter, in der Stadtverwaltung angestellt gewesen zu sein, als etwas in der Kunst, der Wissenschaft oder auf dem Schlachtfeld vollbracht zu haben. Mit wenigen Ausnahmen. Auf dem Gebiet der Kunst schafft es die Tonkunst besser als die Literatur oder Malerei. Diese Stadt ist immerhin Wien, Mariahilf ist Joseph Haydns Stadtteil, und obwohl er hier bloß die letzten zehn Jahre seines Lebens verbracht hat, durfte er nicht nur einer Kirche, einem Park und einer Gasse seinen Namen leihen, sondern auch einer chemischen Reinigung (Schnellwäscherei) in der Stumpergasse, dieser langen Straße, die von der Mariahilfer Straße fast bis hinunter zum Wien-Fluss und dem Flohmarkt abfällt, dieselbe Stumpergasse, in der Adolf Hitler seinen ersten Wohnsitz in Wien hatte, nur ein paar Häuserblocks unter dem, was damals immer noch die Prachtstraße des Kaisers war und wo Hitler vielleicht seinen Hut vor ihm gelüftet hat.

Hitler war mit dem Zug aus Linz am Westbahnhof angekommen und hatte gleich in der Stumpergasse ein Zimmer zur Untermiete gefunden. Seine Hoffnung war, als Student an der Kunstakademie angenommen zu werden. Aber dieses Haus, Stumpergasse 29, hat keine Gedenktafel, als ob er nie dort gewohnt hätte, sodass von den wirklich herausragenden und berühmten Personen, die in Wiens sechstem Bezirk gewohnt haben, Adolf Hitler fast die einzige ist, nach dem in diesem Stadtteil überhaupt nichts benannt ist.

An Adolf Hitler erinnert man sich trotzdem in Mariahilf. Viele Leute zählen ihn immer noch zu den Ihren, während all diese Personen, deren Namen auf Schildern oder Gedenktafeln an den Häusern zurückgeblieben sind oder die ihre Namen Plätzen, Parks und Mietskasernen geliehen haben, kaum etwas gelten und auch uns, die wir hier wohnen, unbekannt geblieben sind. Sie sind fort, ohne mehr als ein Schild oder ihren Namen an einem Platz hinterlassen zu haben, obwohl nicht einmal das vor dem Vergessen bewahrt, während andere Leute, die allgemein auch ohne Schild oder Gedenktafel bekannt sind, wie Fritz Grünbaum oder Oskar Werner, solche ganz unnötigerweise bekommen haben; sogar Plätze sind nach ihnen benannt.

Die jüdische Bevölkerung, die früher in Mariahilf sehr zahlreich war, ist fast ganz verschwunden. Den einen oder anderen Juden findet man auf dem Flohmarkt, aber meistens kommt er aus Russland oder der Ukraine. Hier zählen sie nicht richtig. Seinerzeit wohnten die Juden überwiegend in der Leopoldstadt, in Wiens zweitem Bezirk, auf der anderen Seite des Donaukanals. In Mariahilf sind kaum Juden – und auch keine Synagogen oder Läden – zurückgeblieben. Es scheint sie jedoch niemand hier zu vermissen oder zurückzuwünschen. Das mag merkwürdig erscheinen, da man sich im Fernsehen, im Radio und in den Zeitungen dieser Stadt fast täglich darum bemüht, gerade jene Juden am Leben zu erhalten, die vor mehr als siebzig Jahren deportiert, erschossen oder an weit entfernten Orten vergast wurden, Stätten, von denen die heutigen Wiener nur selten gehört haben. Aber dieselbe Stadt, die ihre Juden wieder zum Leben zu erwecken versucht, ließ sie hier vor nicht allzu langer Zeit die Trottoirs von verschiedenen Inschriften in Farbe oder Kreide sauberschrubben. Zum Bespiel wurden sie gezwungen, eine Inschrift wie »Österreich« zu entfernen, das sie bis dahin für ihre Heimat gehalten hatten, das aber die Leute, die sie zu dieser öffentlichen Reinigung zwangen, weder als ihr eigenes noch als Vaterland der Juden gelten lassen wollten.

Denn ihre Heimat war Deutschland, und die Juden hatten keine.

Woher kamen Bürsten und Besen? Vermutlich stammten sie aus dem Vorrat des Hausmeisters in dem Haus, in dem die Leute, die schrubben mussten, mit den Leuten zusammenwohnten, die aber jetzt dafür sorgten, dass es ordentlich gemacht wurde, obwohl kein jüdischer Nachbar zuvor zu einer solchen Säuberungsarbeit gezwungen worden war, wie sie in den Stunden in Gang gesetzt wurde, bevor Hitler am 14. März 1938 auf der Mariahilfer Straße, der ehemaligen Prachtstraße des Kaisers, in die Stadt zurückkehrte, wo er etliche Jahre zuvor, unter anderem mit Wohnsitz in der Stumpergasse, sich so gedemütigt gefühlt hatte, dass diese Säuberungsarbeit nur der Anfang der Rache war, die er an der Stadt Wien nehmen wollte.

Viele der Einwohner der Stadt zeigten sich bereit, ihm dabei zu helfen. Auch wenn sie selbst nicht gedemütigt worden waren, mag es ihre Lust befriedigt haben, an dieser stellvertretenden Rache teilzunehmen, obendrein völlig gratis, während jene, die gezwungen wurden, eine Inschrift wie zum Bespiel »Österreich« auszulöschen, bald selbst ausgelöscht werden würden, sodass heute in der Mariahilfer Straße von dieser ereignisreichen Zeit nicht viel mehr als die Trottoirs übrig geblieben sind, obwohl – das muss man zugeben – selten so sauber und blank wie damals. Heute öffentlich und sozusagen von höchster Stelle aus zu versuchen, diese ausgelöschten Juden wieder zum Leben zu erwecken, scheint daher als Projekt ziemlich aussichtslos, obwohl schon ein solcher Versuch ihre physische Abwesenheit unterstreicht und dass das trotz allem mehr ist als gar nichts, eine Art negative Bestätigung einer früheren Existenz, an die die Wiener sonst nicht gern erinnert werden.

Statt Juden gibt es im heutigen Mariahilf sogenannte Stolpersteine. Ein schöner Name. Genau wie die Idee hinter dem Namen. Doch kann man kaum behaupten, das Interesse an diesen Stolpersteinen wäre besonders groß; die älteren Einwohner von Mariahilf scheinen völlig uninteressiert, und die jungen interessieren sich für anderes. Fast jeden Tag habe ich dieses mangelnde Interesse vor Augen. Unmittelbar vor dem Eingang der Volksschule in der Liniengasse (Schule St. Marien) sind zweiunddreißig Stolpersteine in einen Zementblock in dem Trottoir versenkt. Das Ganze ist ziemlich schlampig ausgeführt: In einer Stadt wie Berlin ist es besser gemacht worden als hier in Wien, und bei den Deutschen sind sie auch gepflegter. Dennoch muss es in beiden Städten die Absicht gewesen sein, dass man über sie stolpern soll, nicht hinfallen, aber trotzdem für einen schwindelerregend kurzen Augenblick ahnen, wie holprig der Weg des Menschen durchs Dasein ist und wie leicht man sich das Genick brechen kann. Durch unsere Glieder soll unsere Nachdenklichkeit zum Leben erweckt werden.

Dennoch, ich weiß es aus eigener Erfahrung, ist es fast

unmöglich, über die Steine zu stolpern; allzu tief sind sie ins Trottoir eingelassen. Vielleicht war es aber so gedacht, dass die Schüler jedes Mal beim Hinein- und Herausgehen durch die Schultür diese Stolpersteine zumindest bemerken sollten, in der Hoffnung, diese Steine könnten ihnen mehr bedeuten als die historischen Fakten, die ihre Lehrer ihnen oft vergebens einzubläuen versuchen, um ihnen als Lehre fürs Leben zu dienen.

Trotzdem habe ich meine Zweifel. Statt die Steine zu studieren, bleiben die Schüler mit Schuhen oder Stiefeln auf dem stehen, was nicht einmal richtige Steine sind, sondern kleine quadratische Messingplättchen, in Gespräche vertieft, die sicher nicht das Geringste mit dem zu tun haben, worauf sie zufällig stehen. Was gestern geschah? Oder vorgestern? Ihre muskulösen und noch rohen Seelen beschäftigen sich nicht mit dem, was war, sondern mit dem, was ist oder wird. Die Vergangenheit wird hier buchstäblich mit Füßen getreten, als wäre sie mein kaukasischer Teppich. An jedem Schultag kann ich mich davon überzeugen, wenn ich mir zum Frühstück meine Zeitungen in der Tabaktrafik um die Ecke besorge und dann im Supermarkt (Zielpunkt) zwei Kaisersemmeln hole, meinen Schmelzkäse und eine eingeschweißte holländische Treibhausgurke, die überwiegend aus Wasser besteht.

Im Winter sind die zweiunddreißig Messingschilder mit der Angabe von Namen, Ort und Datum mit Schnee, Eis oder dem Streusand auf dem Trottoir vor der Schule bedeckt, damit die älteren Menschen von Mariahilf, einige davon damals vielleicht Nachbarn der Juden, die es nicht mehr gibt, nicht ausrutschen und stürzen. Eine rührende Fürsorge, wenn auch ohne größeren Respekt vor der Geschichte. Die Vergangenheit mit Füßen zu treten, damit die Zukunft besser wird, war wohl keine gute Idee; heute sind die Stolpersteine an der Hauswand angebracht.

Zu Nutz und Frommen der Schulkinder von Mariahilf hat die Stadt Wien diese Begegnung mit Menschen arrangiert, die einmal gelebt haben, aber nicht mehr existieren, weil sie ermordet wurden und sich deshalb nicht in Fleisch und Blut zu einer Begegnung einfinden können, zu der sie deshalb nur mit knappen, zerkratzten Angaben auf einem Messingschild beitragen können, viel zu wenig, um die Schulkinder für das zu interessieren, was als Lehre fürs Leben gedacht war.

Eng beieinander sind die Schilder auf den Trottoirs von Mariahilf. Eng hat man schon vorher gelegen. Lange wurde in Wien sehr wenig gebaut. Die Wohnungsnot war auch zu Hitlers Zeiten groß. Die Wiener haben mindestens hundertfünfzig Jahre lang beengt gewohnt, Klosett und Wasser hatten sie in der Regel nur in den Gängen und Korridoren der Mietskasernen. Küchen gab es meistens keine. Erst als Hitler an die Macht kam, gab es bald mehr Platz, da fast jede zehnte Wohnung »arisiert« wurde. Die Juden wurden aus ihrem Heim gejagt. In Mariahilf wurden sie in besonderen Häusern zusammengepfercht, sogenannten Sammelstellen oder Judenwohnungen, bevor sie vom Bahnhof aus nach Osten transportiert wurden. Von dort sollten sie nicht zurückkehren.

Solche Judenhäuser gibt es noch. Eines davon ist die Aegidigasse 5, gleich um die Ecke von mir. Ein unscheinbares und heute ziemlich verfallenes Haus, damals ein für seine Zeit sehr modernes Mietshaus mit geräumigen Wohnungen, ausgestattet mit Bad und Zentralheizung, in jüdischem Besitz, ehe es von den Nazis konfisziert wurde. Aber kurz nachdem Hitler auf der kaiserlichen Mariahilfer Straße nach Wien zurückgekehrt war, füllten sich die Wohnungen in der Aegidigasse mit weiteren jüdischen Familien oder Juden ohne Familie, Menschen, die sich noch nie zuvor begegnet waren und auch nicht viel Zeit haben würden, sich kennenzulernen. Denn niemand blieb besonders lange dort. Die sechzig Personen, die im Nachhinein, in Messing verewigt, als sogenannte Mietsgäste mit der Aegidigasse Nummer 5 als ihrem letzten registrierten Wohnsitz identifiziert werden konnten, wurden fast unverzüglich nach ihrem Einzug von hier weggebracht. Seitdem hat man nichts mehr von ihnen gehört; die Schilder aus Messing, die im Trottoir vor dem Haus versenkt wurden, sind vermutlich das Einzige, was an sie erinnert.

Ich gehe gewöhnlich auf dem Weg zur Post an ihnen vorbei. Einige der Schilder leuchten matt wie Goldplomben ganz hinten in einem offenen Mund. Manchmal fehlt ein Messingschild, wie wenn in einem Kiefer ein Zahn ausgeschlagen worden ist. Aber die meisten sind genau wie die Schilder in der Liniengasse zerkratzt und so abgetreten, dass Name und Geburtsdatum teilweise nur schwer zu entziffern sind.

Wer es versucht, kann jedoch das eine oder andere erfahren. Fast immer ist die Endstation das Ghetto in Riga oder in Łódź. Manchmal ist sogar das Datum ihrer Deportation im Metall eingraviert, obwohl diese Angabe als ziemlich unsicher gelten muss. Mit höherer Wahrscheinlichkeit lässt sich feststellen, was mit den Juden geschah, die nach Minsk deportiert wurden, ein Ort, der für die Wiener noch unbekannter ist als Riga oder Łódź. Aber je unbekannter ein solcher Ort, desto sicherer, was diese Menschen dort erwartete. Sogar das Datum ihres Todes ist bekannt, da wir wissen, dass die Wiener Juden aus praktischen Gründen sofort nach ihrer Ankunft erschossen wurden. Denn in Minsk gab es keine Möglichkeit, sie unterzubringen oder sie auf irgendwelche Weise zu verwenden.

Vor dem Judenhaus in der Aegidigasse wird keiner der Personen, die nach Minsk transportiert wurden, in Messing gedacht. Sicher gab es solche Personen, aber keine, die sich fürs Trottoir qualifiziert hätten. Erst ein paar Häuserblocks weiter oben am Hang und näher an der Mariahilfer Straße, an der Kreuzung von Mittelgasse und Bürgerspitalgasse, kann man Stolpersteine finden, die an drei Personen erinnern, die wohl in Minsk gleich nach dem Verlassen des Zugs erschossen wurden. Drei unbekannte

Frauen gelten nicht viel in einer Zeit, in der wir uns daran gewöhnt haben, Verbrechen mithilfe großer Zahlen und Statistiken zu beschreiben. Aber hier sind sie: Kitty Henriette Paschka, geboren am 10. August 1897, Franziska Michaela Paschka, geboren am 25. Dezember 1900, und Emma Hofbauer, geboren am 5. März 1885. Emma Hofbauer wurde am 6. Mai 1942 nach Minsk deportiert. Kitty und Franziska Paschka – vielleicht waren sie Schwestern – wurden gut drei Monate später deportiert, am 17. August 1942. Auch sie nach Minsk.

Es gibt wohl gute Gründe anzunehmen, dass die Züge, nachdem sie Wien verlassen hatten, am nächsten Tag in Minsk angelangt sind. Deutsche Züge verkehrten immer noch einigermaßen pünktlich nach Fahrplan. Im Frühjahr und Sommer 1942 haben die Alliierten Deutschland noch nicht so oft und intensiv und mit so ernsthaften Behinderungen des Zugverkehrs bombardieren können; erst später sind Transporte auf den Schienen stehen geblieben, ohne dass weder das Personal noch die Reisenden eine Ahnung hatten, wann sie wieder weiterfahren würden. Das Datum, an dem die drei Frauen ihre Reise antraten, plus ein Tag, dürfte daher mit großer Wahrscheinlichkeit der Todestag gewesen sein.

In Minsk kamen die Transporte in so dichter Folge an, dass jene, die den Auftrag hatten, die Deportierten wie die Damen Paschka und Hofbauer unverzüglich zu liquidieren, bald protestieren sollten: Die Arbeitsbelastung wurde zu groß. Was von ihnen verlangt wurde, war ein nahezu unmenschliches Tagewerk. Nach Aussage ihrer Vorgesetzten zeigten jene, die sich im Dienst befanden, immer häufiger Zeichen von Erschöpfung, die ihrerseits zu Nervosität und Gereiztheit führte, in schwereren Fällen zu Depression oder sogar Apathie. Auch Arbeitsverweigerung soll vorgekommen sein.

Zwar wurde viel Schnaps ausgeschenkt, bevor die Züge eintrafen, aber nicht genug. Oder der Rausch und der Kater machten alles nur schlimmer. Allzu viel wurde diesen Männern abverlangt. Einige sahen den Krieg sogar als verloren an und zögerten nicht, das zu verbreiten. Ihre Vorgesetzten in Minsk beantragten daher in Berlin, die Transporte so durchzuführen, dass zumindest an Sonntagen keine Hinrichtungen stattfinden mussten. Beschwerden mit Antrag auf Prüfung der mühevollen Arbeitsbedingungen sind registriert. Und wahrscheinlich nahm man Rücksicht auf den Wunsch, den Sonntag in Minsk als Ruhetag zu respektieren: Allerdings sind der 7. Mai und der 18. August 1942, die Tage nach der Deportation von Emma Hofbauer und den Damen Paschka, keine Sonntage.

An derselben Straßenkreuzung, wo das Messing im Trottoir an die drei jüdischen Damen erinnert, die in einer Stadt ermordet wurden, von der sie vermutlich noch nie gehört hatten, an der Kreuzung von Bürgerspitalgasse und Mittelgasse, gibt es einen Wasserbrunnen. Der Brunnen ist nicht verschwunden, obwohl er nicht mehr gebraucht wird. Ihm fehlt nur das Wasser. Niemand kann hier mehr seinen Durst stillen, was eigentlich bemerkenswert ist, da Mariahilf einer der Stadtteile ist, in dem es mehr als genug Wasser gibt und das man sich ohne Wasser kaum vorstellen kann: nicht ohne den Wien-Fluss oder die vielen Bäche und Wasserläufe, die sich von der Höhe des Bezirks aus unterirdisch mit dem Fluss vereinen, nicht ohne Wiens gelobtes, frisch schmeckendes Leitungswasser, zwar stark kalkhaltig, aber von solcher Qualität, dass jeder sich hier einen ausgezeichneten Kaffee kochen kann, auch wenn man es in Mariahilf vorzieht, ihn in Cafés wie dem »Sperl«, dem »Ritter«, dem »Westend« oder dem »Jelinek« zu trinken, wo man zum Kaffee Wasser in einem Glas serviert bekommt, ganz umsonst und so viele Gläser wie man will.

Kostenloses Wasser hat in Wien Tradition, und möglicherweise hat das etwas damit zu tun, dass diese Stadt nicht wie Stockholm oder Sankt Petersburg, ehemals Leningrad, am Meer liegt. Diese Tradition galt auch für die Damen Paschka und Hofbauer, solange sie hier noch lebten, etwas, worüber wir uns mit größerer Sicherheit äußern können als über ihre Zugfahrt nach Minsk, über die wir so gut wie nichts wissen, außer wie sie endete und dass es in dem Güter- oder Viehwaggon, der sie dorthin brachte, vermutlich überhaupt kein Wasser gab.

Vom Rücken der Anhöhe, die im Norden die Grenze zwischen den Bezirken Mariahilf und Neubau/Josefstadt bildet, fließen mehrere Wasserläufe durch Wiens sechsten Bezirk hinunter zum Naschmarkt, auf die Wien und den Flohmarkt zu, allerdings sind diese schon seit hundert Jahren unter dem Stadtteil begraben. Oder vielmehr unter seinen Kellern, Gängen, Kloaken, Wasser- und Abflussrohren. Über der Erde hat Mariahilf die Natur gebändigt. Dort ist sie besiegt. Aber in der Unterwelt geht die urbane Vergewaltigung weiter, und da unten hat die Natur noch nicht aufgegeben: Sie wehrt sich weiterhin.

Über der Erde kann man diesen unterirdischen Kampf mit dem bloßen Auge erkennen. Plötzlich hat sich ein dunkler Fleck an einer Hauswand ausgebreitet. Bald wird hier die Farbe abblättern. Verschiedene Häuser in Mariahilf – wie an der Kreuzung von Gumpendorfer Straße, Hofmühlgasse und Otto-Bauer-Gasse – sind in diesen Kampf zwischen Stadt und Natur, zwischen Ober- und Unterwelt so einbezogen, dass ihre Fassaden ständig neu gestrichen werden müssen. Jedes Mal vergebens; die Stadt kann lediglich auf eine Frist hoffen.

Dann blättert die Farbe wieder ab. Das Haus steht entblößt da. Verputz und Mörtel werden angegriffen, wenn die Feuchtigkeit von den unterirdischen Wasserläufen in die Hauswände kriecht. Im Sommer trocknet die Sonne das Entblößte zu feinem Sand, einer Art Pulver, das gegen Ende August zu einem fast unsichtbaren Staub wird, und bald ist es Zeit, sich derselben Fassade wieder anzunehmen. Noch einmal wird sie verputzt und gestrichen. Aber die Natur (eigentlich die unterirdische Strömung) hat hier eine solche Macht über die Stadt, dass sie nicht aufgibt, das wiederzuerobern, was sie an sie verloren hat.

Dieser Kampf ist der Normalzustand in Mariahilf. Er setzt sich ununterbrochen fort, sodass viele Einwohner zwischen Mariahilfer Straße und Flohmarkt auch in den Wohnungen verfärbte oder völlig verdorbene Wände haben. Gegen diesen feuchten Atem der Unterwelt ist der Stadtteil machtlos, und gegen all dieses Wasser aus dem Inneren von Mariahilf hilft nichts, nicht einmal Entwässerung oder Dränierung. Erst steigt die Feuchtigkeit in die Mauern und Hauswände, dann in die Knochen und Gebeine der Menschen; bei den Bewohnern im Erdgeschoss oder im ersten Stock führt die Feuchtigkeit zu chronischen Krankheiten, weiter oben im Haus noch dazu zu schmerzenden und geschwollenen Gliedern, und in allen Wohnungen verbreitet sich die Feuchtigkeit in dunklen, unregelmäßigen Flecken, die im letzten Stadium der Heimsuchung unter einer rauen, körnigen Oberfläche zusammenschrumpfen, der trockenen Haut einer Schlange oder Eidechse gleich. Auf die Feuchtigkeit folgt bald der Schimmel, den die Einwohner von Mariahilf von ihren Wänden zu kratzen versuchen, bevor sie sie ohne den geringsten Nutzen wieder neu streichen müssen.

Für den, der nicht hier wohnt, mag dieser ganze sechste Bezirk voller gar nicht oder nur zur Hälfte gestrichenen Gebäuden erscheinen, obwohl es richtiger wäre zu sagen, dass es sich um etwas handelt, was schon unzählige Male gestrichen wurde, schwer von Feuchtigkeit beschädigte Flächen, die dem Besucher ins Auge stechen, Gebäuden, die man in Mariahilf immer wieder antrifft, ebenso wie man hier ständig auf Menschen trifft, deren Gesichter von einer Heimsuchung zerstört sind, was aussieht wie Schorf oder Ekzeme, obwohl es sich fast ausnahmslos um Schäden durch Feuchtigkeit und Wasser handelt, verursacht von den unterirdischen Wasserläufen, die ohne Rücksicht auf Geschlecht, Alter oder gesellschaftliche Stellung die Einwohner dieses unseres Stadtteils befallen; und so groß ist in diesem Bezirk die Nachfrage nach allen möglichen Farben, dass gerade die Grau- oder Brauntöne, die für eine Fassade oder Wand im eigenen Stadtteil benötigt werden, oft selbst im Lager ausverkauft sind und in einem ganz anderen Stadtteil besorgt werden müssen, in Neubau, Josefstadt oder sogar in Floridsdorf, wo die Nachfrage nicht annähernd so groß ist.

In Mariahilf fürchten wir daher Erdbeben, Blitzschläge oder gar Brände weniger als das Wasser. Das Wasser aus der Unterwelt ist hier die stärkste aller zerstörerischen Kräfte, und dass es weder mit dem Auge (erst wenn es zu spät ist) zu sehen noch durch Wände und Böden zu hören ist, macht unser Wasser zu einer Krankheit, die unheilbar und unsichtbar im Verborgenen arbeitet, um plötzlich auszubrechen und sich in diesen Flecken an Fassaden, Wänden oder in den ersten Hustenanfällen zu verraten, sodass auch ein zufälliger Besucher sofort erkennt, dass unser Stadtteil nicht bei bester Gesundheit ist.

Und dennoch ist die zerstörerische Wirkung des Wassers in unserem Stadtteil nicht ausschließlich auf die Gebäude und deren unglückliche Einwohner beschränkt: Sie befällt auch Dinge, die unmittelbar in der Nähe der Unterwelt verwahrt sind. Denn in Mariahilf greift das Wasser alles an, was in Kellern und in Verschlägen aufbewahrt wird, Bücher, Fotografien, ganze Jahrgänge von bereits vor dem Krieg hier gelagerten Zeitungen, Postkartensammlungen, Ölgemälde, Kupferstiche, Kleidung, Spiegel, Möbel und diversen Zierrat. Alles verdirbt hier nach einer Zeit, je nach Beschaffenheit des Materials, aber zuvor wird es entstellt, ehe sich die fast vollständige Auflösung der Materie vollzieht, eine Vernichtung, die einen solchen Gegenstand nicht nur bis zur Unkenntlichkeit verwandelt, sondern ihn für immer vollkommen unbrauchbar macht.

Wie traurig ist der Anblick von einem Paar nie benutzter, morscher Skier! Dieses Paar schiefgetretene Schuhe aus rissigem Leder oder der von Motten zerfressene steife Pelz, den nicht einmal ein Obdachloser anziehen würde! Oder diese von Pilz befallenen Daunenkissen! Alles befleckt, verrottet oder schimmlig. Wie desolat diese stockfleckigen Briefbündel mit verblichenen Seidenbändern, diese bis zur Unkenntlichkeit aufgeweichten Liebesgeschichten ohne Leser! Und wie viele enttäuschte Hoffnungen, wenn alles wieder ans Tageslicht gebracht wird! Wie anders war es doch gedacht, als alles in den Keller hinuntergetragen wurde, der damals als sicherer Platz galt, nicht als eine düstere Unterwelt, wo Schmutz und Ruß und vor allem Wasser herrschen!

So entsteht das für Mariahilf charakteristische Paradox: seit fast vier Jahrzehnten den größten und absolut wichtigsten Flohmarkt Wiens zu beherbergen, während unser Bezirk über wenige oder keine Gegenstände verfügt, die dazu taugen würden, an Samstagen hier angeboten zu werden. Der Beitrag des Viertels zu seinem eigenen Flohmarkt ist unerheblich. Nirgendwo anders bringen Entrümpelungen von Dachböden und Kellern so wenig Ausbeute wie gerade hier in Mariahilf, und das ausschließlich wegen des Wassers, das in anderen Gegenden wie auf der Wieden, in Währing oder Liesing als erfrischend und sogar belebend gilt.

Aber es muss auch gesagt werden: Wir sprechen hier von ganz anderen Stadtteilen als dem unseren, von Gegenden, die wir ebenso gut als vollkommen fremde, unerforschte Kontinente beschreiben könnten.

Onkel Acke hatte vor der Revolution ein paar Jahre in Sankt Petersburg gewohnt, das während des Krieges in Petrograd umgetauft worden war, und war aus Russland mit der Überzeugung heimgekehrt, dass man in europäischen Großstädten nicht ohne Stock auskommt. Ein

Stock, um sich nach Einbruch der Dunkelheit gegen herrenlose Hunde oder Bettler zu schützen und am helllichten Tag gegen die Krawallpolizei, die in Unruhezeiten auf Straßen und Plätzen auch gegen anständige Leute Kavallerieattacken ritt; mit einem kräftigen Stock die Polizeipferde über Beine und Maul zu schlagen, glaubte er, sei die wirkungsvollste Verteidigung des friedlichen Bürgers.

Stockholm war zwar nicht Sankt Petersburg, diese, wie er meinte, barbarische Mischung aus italienischen Palästen und sibirischen Sitten. Nur Venedig war schlimmer. Aber sei es die eine Großstadt oder die andere: Ohne Stock war ein Gentleman heutzutage nicht mehr sicher.

Der Junge hätte gern den Petersburger Stock gesehen, der leider während der Revolution verlorengegangen war. Aber Onkel Acke besaß auch einen sogenannten Stilettstock, das Geschenk eines spanischen Freundes. Man hob das Ende leicht mit der freien Hand an, und im Nu konnte der Stock mit einem Knopfdruck auseinandergezogen werden, das spanische Rohr verwandelte sich in eine furchtbare Stichwaffe mit dreischneidiger, messerscharfer Klinge aus Toledostahl; man musste nur einen kleinen, neben der Silberkrücke verborgenen Knopf drücken, und das Stilett ließ sich aus seiner Hülle ziehen wie ein Schwert aus einer Scheide.

Im Inneren eines Spazierstocks erwarten weder Mensch noch Tier eine so unangenehme Überraschung. Nicht nur in Spanien würde eine solche Verwandlung ausreichen, um einen wütenden Hund oder etwas noch Schlimmeres in die Flucht zu schlagen.

Onkel Acke besaß mehrere Stöcke, für jede Gelegenheit und Laune. Großmutters Freundin, Frau Orlando, die in jungen Jahren auf dem Seil getanzt hatte und mit Zirkusgesellschaften in ganz Europa aufgetreten war, lobte oft seinen Gleichgewichtssinn, der, zusammen mit den flinken kleinen Füßen, so viel zu tragen hatte. Sie selbst war mit einem Sonnenschirm statt mit einem Stock auf dem Seil entlanggeschwebt.

Rydén ist machtgierig, sagte sie. Aber am Sinn fürs Gleichgewicht fehlt es ihm ganz und gar nicht.

Machtgierig?

Als Macht empfand der Junge die Verbote und Strafen der Erwachsenen, ihre größeren Hände, um damit zuzuschlagen, und das Recht, das die Erwachsenen sich herausnahmen, es wirklich zu tun. Hausmeister und Schuldiener waren nicht die Einzigen, und mit brennend roten Backen schwieg der Junge und steckte von rechts und links ein. Bestimmt hatte auch Onkel Acke solch eine Macht. Aber an dem Jungen ließ er sie nicht aus. Stattdessen überließ er ihm gelegentlich seinen spanischen Stock. Ganz allein durfte der Junge auf den Knopf drücken und hielt plötzlich die tödliche Waffe in seiner Kinderhand.

Kein zweiter Stock reichte an den spanischen heran. Er wurde getrennt von den anderen verwahrt, auf dem Regal ganz oben in Onkel Ackes Kleiderschrank. Die Großmutter hatte ihm verboten, ihn herumliegen zu lassen, und besonders an den Sonntagen wurde kontrolliert, dass er sich tatsächlich dort befand. Die Großmutter wusste schon, was sie tat. Ein Mann, wenn auch erwachsen, zusammen mit einem Jungen, der noch lange nicht trocken hinter den Ohren war, bildete eine außerordentlich gefährliche Kombination, und die Großmutter wollte weder mit dem Krankenwagen noch mit der Polizei zu tun haben.

Vorsichtig trippelte Onkel Acke auf dem knarrenden Parkett zur Tür. Noch vorsichtiger spähte er aus dem Zimmer hinaus, ehe er die Tür von innen schloss. Dann kam der Stilettstock zum Vorschein. Der Junge durfte immer wieder auf den Knopf drücken und die Waffe aus dem Inneren des Stocks ziehen. Manchmal band Onkel Acke mit dem Gürtel seines Morgenmantels ein Kissen um seinen Bauch und ließ den Jungen den Stilettstock an ihm erproben. Das nannte sich Ausfall. Mehrmals stach der Junge zu. Dabei sollte die freie Hand zugleich hochgehalten werden, als winke man jemandem zum Abschied zu. Ein paar Daunenfedern schwebten langsam durchs Zimmer.

En garde! Allez! Touché! Das waren spanische Ausrufe, ohne die sich kein Feind töten ließ.

Der mattgraue Toledostahl war an allen drei Seiten ziseliert. Da waren lange Ranken, die wie beschnittene Gewächse in einem Garten irgendwo im Süden aussahen, krause Blätter und Weinreben in verwirrenden Mustern, aber hier und da auch etwas, was laut Onkel Acke das eingetrocknete Blut eines Feindes seines spanischen Freundes war. Sein Freund (hier wurde ein Name genannt, viel zu lang und schwierig, ihn sich zu merken) hatte so viele Feinde gehabt, dass er schließlich Frieden mit ihnen schließen musste. Danach hatte er in Schande gelebt, und aus Verzweiflung über sich selbst und darüber, so tief gesunken zu sein, alles verschenkt, was er zum Schießen, Hauen oder Stechen besessen hatte. So war der Stilettstock bei seinem schwedischen Freund gelandet.

Spanier zu sein war bestimmt kein Tanz auf Rosen, und der Junge war froh, Schwede zu sein. In seinem Land war man nicht mehr gezwungen, seine Feinde zu erschlagen. Aus den Kunstbüchern auf Onkel Ackes Schreibtisch kannte er spanische Gemälde, überwiegend düstere Porträts, bleiche Männer mit kohlschwarzem Spitzbart und einer mageren Hand auf dem Degengriff, oder Damen, die aussahen, als könnten sie vor Hochmut platzen. Manchmal gab es da einen Zwerg oder Hund auf einem Kissen oder Schemel zur Gesellschaft, die aber nicht zu diesen düsteren Damen und Herren zu passen schienen und wohl nur da waren, weil es ohne sie noch langweiliger gewesen wäre. Trotzdem fand der Junge, dass das eingetrocknete Blut auf dem Stilett den Flecken glich, die ihn Onkel Acke manchmal von Zinntellern oder silbernen Kerzenhaltern putzen ließ.

Machtgierig?

Onkel Acke schien das, was Tante Orlando gesagt hatte,

als Kompliment zu nehmen. Dass aber Zirkusleute sein af wegließen, muss ihn geärgert haben, und wenn Tante Orlando nicht zu Besuch war, schmähte er die sogenannte Zirkuskunst, eine Mischung aus mit Sägespänen vermengten Pferdeäpfeln, Tierquälerei und gespenstisch geschminkten italienischen Clowns, die kleine Kinder zu Tode erschreckten.

Oder diese widerlichen Seelöwen! Diese ständig nassen Tiere mit ihrer unnatürlichen Art, sich außerhalb des Wassers fortzubewegen. Wer wollte für so etwas Geld ausgeben? Und mit einem Gummiball als lächerlichem Pünktchen auf dem i!

Seiltänzer, erklärte Onkel Acke, gehörten zur Familie der *funambuli* und schämten sich nicht einmal, unschuldige Tiere zu dressieren, um sie dann auf ein Seil hoch über dem Boden zu jagen. So nörgelte er weiter und schonte nicht einmal die Zirkusmusiker auf dem kleinen festlichen Balkon über der Manege: Falsch und schrill würden sie spielen.

Aber es stimmte, auch der Junge fand die weiß geschminkten Clowns unangenehm.

Tante Orlando war nicht wie die anderen, sie hatte eine heisere Stimme wie ein Mann und einen purpurroten Turban mit bunten Federn, der sie, obwohl sie dauernd rauchte, eher wie einen Papagei als eine Dame erscheinen ließ. Hätte sie sich in Onkel Ackes bunten Vogelfauteuil gesetzt, wäre sie ganz verschwunden, verschluckt vom Muster des Bezugs. Sobald eine ihrer Zigaretten fertig geraucht war, zündete sie sich eine neue an. Ohne Zigaretten hätte es Tante Orlando nicht gegeben. Im Winter trug sie lange Schals, und es dauerte eine Weile, bis sie sich herausgeschält hatte, ehe sie sich mit der Großmutter niederlassen und wieder zu rauchen anfangen konnte.

Die Großmutter wartete immer ungeduldig auf den Besuch ihrer Freundin. Tante Orlando war ein gerngesehener Gast, obwohl sie anscheinend die Grevgatan aus keinem anderen Anlass besuchte, als um dort weiterzurauchen, dankbar, dass Großmutter ihr erlaubte, in ihrem Zimmer zu sitzen und nicht viel mehr zu tun, als eine neue Zigarette aus dem Päckchen zu ziehen, wenn diejenige, die sie gerade noch im Mund gehabt hatte, zu Stummel und Asche geworden war.

Großmutter rauchte nicht. Sie leistete Tante Orlando auch keine Gesellschaft bei einem kleinen Glas Likör oder Portwein. Großmutter hütete sich vor jeder Art von Abhängigkeit, indem sie sich so etwas verbot oder versagte. Ihr Vater, das wusste der Junge, war Trinker gewesen, hatte das Erbe versoffen, schließlich auch das, was ihm noch an Verstand geblieben war, und seine Tochter trank nie mehr als ein halbes Glas Wein oder nippte am Champagner. Auch Tante Orlando war von Natur aus eigensinnig und selbständig, pflegte ihre Unabhängigkeit, die andere Hochmut nannten, gönnte sich aber ein oder zwei Gläser von dem, was die Großmutter ihr anbot.

Die beiden Frauen hatten einander in diesem gemeinsamen Kampf für Freiheit und Unabhängigkeit gefunden, an die sie trotzdem nicht so richtig zu glauben wagten, weshalb sie argwöhnisch in jedem Rückschlag und jeder Enttäuschung schwelgten, in der Überzeugung, dies wäre der Preis für das, was sie beide erstrebten. Aber so viel Elend auf einmal munterte sie wieder auf; das Dasein war ganz gewiss ein Hort des Schmerzes und der Niederlagen, keine widersprach der anderen, und dass gerade sie dies eingesehen hatten, schenkte ihnen nicht nur die Befriedigung, die jede Bestätigung eigener Überzeugungen mit sich bringt, sondern ließ sie auch ihr Zusammensein inniger genießen. Wie zwei Schwestern hingen sie aneinander, eine rührende Geschwisterliebe, die nicht ausgesprochen oder von der mindesten Geste der Vertraulichkeit unterstrichen werden musste, so tief waren die beiden davon überzeugt, dass das Leben sie dann mit einer weiteren Katastrophe für eine so leichtsinnige Demonstration ihres stillen Einvernehmens strafen würde.

Tante Orlando interessierte sich für die vielerlei Dinge und Antiquitäten der Großmutter nur als Arbeitsaufgabe. Diese Arbeit war von ganz anderer Art als jene, die Onkel Acke und der Junge auszuführen hatten. Der Arbeitsplatz der beiden Damen war ein zierlicher kleiner Spieltisch aus Mahagoni, mit grünem Filz bezogen und mit dünnen geraden Beinen. Nicht mehr als zwei Personen fanden daran Platz. Auf diesem Tisch legte Tante Orlando Patiencen, oder die Großmutter ordnete hier ihre Pfandscheine. Tante Orlando legte auch die Karten, und erst wenn diese gedeutet waren, kamen Großmutters Pfandscheine an die Reihe, die sie in einem großen hellbraunen Kuvert im Sekretär in ihrem Zimmer verwahrte. Wie die Patiencekarten wurden auch diese Pfandscheine auf dem Spieltisch ausgebreitet, aber nicht so, dass sie umgedreht werden mussten, um ihre Geheimnisse zu verraten, sondern so, dass man gleich sah, was verpfändet worden war:

Ein (1) venezianischer Spiegel. Ein (1) gustavianischer Sekretär, Provinzarbeit, aber mit Kontrollstempel. Diverse chinesische Räuchergefäße (Kangxi). Drei (3) Stockholmmotive in Großformat, signiert von Anna Palm. Ein (1) Kinderschlitten aus dem Biedermeier.

Ihre Scheine ordnete die Großmutter auf dem Tisch, wo die Summe, für die der Gegenstand verpfändet worden war, mit dem Verfallsdatum und damit, wie sehr er ihr am Herzen lag, eine komplizierte innere Beziehung bildete, fast wie bei Tante Orlandos Spielkarten, wenn die beiden Freundinnen gemeinsam in die Zukunft zu schauen versuchten. Mithilfe einer Logik, die der Großmutter eigen war, wurden all diese Pfandscheine in sinnreichen Mustern auf dem Tisch geordnet, ebenso streng und unwiderruflich, als würde es sich um eine chemische Formel oder die Struktur eines Kristalls handeln.

Das Pfandhaus lag in der Storgatan, nahe der Kirche Hedvig Eleonora. Dort war der Junge einmal gewesen, um zusammen mit der Großmutter ein Gemälde auszulösen. Ein älterer Herr, steif wie aus Pappe geschnitten und mit einem abgewetzten Arbeitskittel über dem Anzug, war ziemlich lang auf dem Dachboden des Pfandhauses verschwunden, um das Bild zu holen, und dann von der Großmutter sofort wieder dorthin zurückgeschickt worden. Es war das falsche Bild. Großmutter war beleidigt. Mit ihren Pfandscheinen in der Hand saß sie auf dem Besucherstuhl des Pfandhauses und gedachte nicht, sich zu erheben, ehe das richtige Bild ausgehändigt war. Ängstlich erstarrt vor dem Zorn der Großmutter, blieb auch der Junge sitzen. Man hatte versucht, sie hereinzulegen. Erst der zweite Besuch auf dem Dachboden brachte das richtige Ergebnis. Mit zitternden Händen schob der Pfandleiher das Bild über die Theke. Auch der Junge hatte es wiedererkannt.

So sah also das Gesicht der Habgier aus: aschgrau, ein einschmeichelndes Lächeln mit künstlichem Gebiss.

Bei der Großmutter in der Grevgatan wurde das Pfandhaus nicht beim Namen genannt, ebenso wenig wie die Gegenstände, die sie dort vorübergehend verwahrte. Namenlos waren sie besser vor betrügerischen Pfandleihern und Gläubigern geschützt, die fehlenden Namen eine Art stumme Beschwörung. Noch wusste der Junge nicht, dass nichts auf dieser Welt ohne Namen existieren kann: dass man dann gar niemand ist, dass alles, was nicht über einen Namen verfügte, große Schwierigkeiten hat, sich in der Welt zu behaupten, und riskiert, ganz und gar aus ihr zu verschwinden, ohne dass später überhaupt entdeckt würde, was geschehen ist.

Die Arbeit der Großmutter am Spieltisch bestand darin zu entscheiden, welches Pfand – Anna Palm oder die wertvollen Kangxi-Räuchergefäße – genau für die Summe, über die sie gerade verfügte oder die sie zusammenzuleihen erhoffte – ausgelöst werden musste, bevor das Pfand endgültig verfiel und das Bild oder die Schale für immer aus ihrer Welt verschwand.

Jeden Sommer ging der Großmutter das Geld aus. Ein paar Monate lang, wenn alle anderen in Urlaub waren, galt es, sich bis zum Herbst durchzuschlagen. Sie saß in Fräulein Vibecks Laden und wartete auf die nächste Jahreszeit. Mit dem Herbst kam Rat. Er erschreckte sie nicht wie der Sommer mit seinen Gewittern nach schwülen Tagen, die ihr Kopfweh bereiteten, diese endlosen und trostlosen Tage in Östermalm, wo nichts geschah, allein nur mit Fräulein Vibeck als Gesellschaft, ehe der Herbst mit seiner Kühle und prächtigen Farben kam und die Personen, von denen sie Geld leihen konnte, aus ihren Sommerhäuschen zurückkehrten. Der Sommer war eine Zeit der Prüfungen. Auch die meisten Pfandhäuser hatten geschlossen, und die kostbarsten ihrer Gegenstände mussten dort den Herbst abwarten. Im Sommer existierten sie nicht.

Wie anders war es doch mit Onkel Ackes Stöcken! Ein

paar davon hatte er bei Fräulein Vibeck erworben, wenn er dort gelegentlich die Großmutter abholte. Aber obwohl er sie im Überfluss besaß, landete keiner davon je im Pfandhaus. Die Stöcke wurden in seinem Zimmer in einer großen chinesischen Porzellanvase zwischen den beiden Fenstern zur Grevgatan aufbewahrt. Dem Jungen erklärte er, dass ein respektabler Mann über eine größere Auswahl an Stöcken, Krawatten, Seidentaschentüchern und Rasiermessern verfügen musste. Die Rasiermesser waren in einem speziellen Kästchen nach den Wochentagen geordnet, eines für jeden Tag, obwohl sie alle gleich waren und dieselbe Aufgabe hatten, die Stöcke hingegen ohne Rücksicht auf den Wochentag, nur nach der Aufgabe, die sie zu erfüllen hatten. In dieser Hinsicht glichen die Stöcke den Krawatten. Taufen forderten ja eine ganz andere Krawatte als Begräbnisse, der Abend eine diskretere als der Vormittag, während eine gestreifte oder karierte ausschließlich zu einfarbigen Anzügen passte.

Und die Stöcke?

Da gab es Stöcke zum Deuten, andere zum Stochern und Stöbern, solche, die während des Spaziergangs in raschem Takt durch die Luft gewirbelt werden konnten, andere, die man lässig mit beiden Händen in den Nacken legte, wieder andere, mit denen man ins Unterholz und Gebüsch schlagen konnte, solche mit Metallzwingen, mit denen man hart auf ein Trottoir oder einen Marmorboden stoßen konnte, oder Stöcke, die sich für den in Gedanken Versunkenen eigneten, um das Kinn auf beide Hände über der Krücke zu stützen. Dennoch war es dem Jungen klar: Wäre Onkel Acke in Sankt Petersburg, dem späteren Leningrad, geblieben, hätte seine Sammlung von Stöcken natürlich anders ausgesehen.

In der Porzellanvase in der Grevgatan gab es sogar einen speziellen Stock für Ausflüge in die Alpen – dieser hier mit Berghotels und schneebedeckten Gipfeln in Email verziert. Eine Reitgerte? Bestimmt gab es auch die eine oder andere Reitgerte, obwohl Onkel Acke die Reitkunst missbilligte, das Pferd wie den Reiter, und meinte, dass ein Tier, rittlings auf einem anderen sitzend, lächerlich sei und das Pferd wie den Menschen zum Gespött mache.

Zu jedem Stock gehörte eine spezielle Art von Mensch, zu den dicken Eichenstöcken Lümmel oder Rüpel, um sie damit zu verprügeln, hochgestellte Herren im Staatsdienst passten zu den dünnen und zierlichen, Gärtner und Marktfrauen zu den mit Gummi verstärkten, während die mit Silberkrücke einen Mann oder eine Frau ganz anderer Art verlangten als die mit einer Krücke aus Horn von Hirsch oder Reh; und die, die nur in einem großen Metallknopf endeten, hätten passend sein können, um Frau Orlando einen Besuch abzustatten, wenn man gewusst hätte, wo sie wohnte. Ein solcher Knopf, wenn auch nur versilbert und obendrein verbeult, wirkte künstlerisch, fast wie der Gummiball des Seelöwen, obwohl ein solcher Stock wohl nicht von Vorteil wäre bei den strengen Herren – immer Herren! –, die Onkel Acke gelegentlich in einem Auktionshaus oder in dem kühlen Innenraum einer Bank aufsuchen musste.

Aber kein Stock kam gegen das spanische Rohr an.

Immer öfter in diesem Herbst lästerte Onkel Acke über die sogenannte Reitkunst, das Pferd löste den Seelöwen als Zielscheibe seiner Angriffe ab. Die Großmutter hatte eine Zeitlang einen Künstler unterstützt, und Onkel Acke und Tante Orlando waren bekümmert. Dieser Maler hatte noch nie eine eigene Ausstellung gehabt, obwohl er schon über sechzig sein musste; wie alt er genau war, ließ sich nicht mit Bestimmtheit sagen, es wurde nicht darüber gesprochen, solange die Großmutter in der Nähe war. Onkel Acke ignorierte den Maler. Er sah zu, abwesend zu sein, wenn dieser zu einem seiner seltenen Besuche kam; dann bevorzugte Onkel Acke die Kneipe, einen seiner bevorzugten Plätze, oder ganz einfach einen Spaziergang mit dem Stock in der Hand.

Mit einem Maler verkehren?

Onkel Acke verkehrte mit Rembrandt. Das musste reichen. Im Übrigen interessierte er sich für das Werk eines Künstlers, nicht für dessen Person. Alles, was nicht Werk war, war wie das Grünzeug und das Wurzelgemüse, die in der Küche in der Grevgatan stundenlang zusammen mit dem Fleisch im Sonntagstopf köchelten, dann aber abgeseiht und weggeworfen wurden, bevor der Braten auf den Tisch kam; und falls er sich jemals gründlicher mit einem Künstler befassen wollte, dann ausschließlich mit einem toten, sagte Onkel Acke zu dem Jungen, wie beispielsweise Rembrandt oder einem der alten chinesischen Meister, von denen man nicht viel mehr wusste, als dass sie existiert haben mussten, da vielleicht ein oder zwei ihrer Meisterwerke sie überlebt hatten. Aber auch ein solcher chinesischer Künstler, der kaum Spuren hinterlassen hatte, wäre ein weit interessanteres Studienobjekt als irgendein lebender. Denn die Bekanntschaft mit einem der letzteren Sorte zu machen, mit einem Pferdemaler, der kein einziges Werk ausgestellt oder verkauft hatte, und ihn dann vielleicht sogar als Gast in seinem eigenen Heim zu empfangen, wäre dasselbe, wie den Sonntagsbraten in den Müll zu werfen und stattdessen einen Brei von ausgekochtem Gemüse unbekannten Ursprungs auf dem Teller zu servieren.

Das mit den Pferden traf zu. Großmutters Maler wohnte irgendwo auf Djurgården und hatte sich auf Pferde spezialisiert, die er aus der Nähe studieren konnte, wenn sie von dem Reithaus in Östermalm kommend draußen auf Djurgården ein paar Runden geritten wurden, bevor sie durch die Allee unterhalb der Djurgårdsstaden und dann über die Brücke nach Östermalm zurückkehrten.

Der Maler galt als scheu, etwas, was Tante Orlando irritierte, die neugierig war. Es hieß, er sei tagsüber mit seiner Kunst und seiner Katze beschäftigt. Tante Orlando glaubte weder das eine noch das andere. Die Großmutter bereitete ihm ein kleines Mahl, wenn er zu Besuch kam, um sein Kuvert mit Geld entgegenzunehmen, briet ein paar Spiegeleier auf beiden Seiten oder wärmte eine Suppe auf, aber nur, wenn Onkel Acke nicht zu Hause war. Die beiden, der Maler und die Großmutter, waren dann allein in der Wohnung in der Grevgatan. Aber in der Küche standen danach eine Pfanne oder ein Topf auf dem Herd, sodass Onkel Acke und der Junge sich ausrechnen konnten, dass der Maler dagewesen sein musste.

Es kam vor, dass der Junge zur selben Zeit wie der Maler auf Besuch war. Doch der Künstler schenkte ihm keine Beachtung und benahm sich so, als wäre es ihm am liebsten, wenn der Junge ihn und die Großmutter in Ruhe ließe. Jedes Mal fragte er, was der Junge werden wolle, wenn er groß wäre, aber bevor er eine Antwort bekam, pflegte der Maler ihn in die Nase zu kneifen oder ihn am rechten oder linken Ohr zu ziehen, eine unfreundliche Art zu scherzen, nach Meinung der Großmutter jedoch ein Beweis dafür, wie gern er den Jungen hatte.

Märta glaubt nur an das Gute im Menschen, seufzte Tante Orlando, die über eine große Lebenserfahrung verfügte. Ihre Neugier war nicht gestillt worden, weder durch den Künstler noch durch seine Bilder. Dass sie ihre Erfahrungen hauptsächlich in einem Zirkuszelt und auf dem Seil erworben hatte, imponierte dem Jungen kolossal. In gewissem Sinn war wohl eine solche Lebenserfahrung nicht größer als die der Großmutter, in mancher Hinsicht sicher geringer, aber sie war abenteuerlich und anders, und Tante Orlando hielt sich strikt an das, was sie hatte.

Der Junge begleitete sie hinunter auf die Straße und zum Bus, der sie nach Hause bringen sollte. Wo sie wohnte, wusste niemand so genau.

»Ade, Tante Orlando.«

Mein lieber Junge, krächzte sie. Es heißt adieu. Nicht ade.

Einige von den Ölgemälden des Malers hatte die Großmutter in dem kleinen Flur auf den Boden gestellt, alle, wie auch die meisten von Onkel Acke, ohne Rahmen und mit der Vorderseite zur Wand gekehrt. Aber im Flur sahen sie trauriger aus als die Bilder im Zimmer zur Grevgatan, obwohl man dort nur mit toten Künstlern arbeitete. Der Pferdemaler war laut Onkel Acke nur allzu lebendig. Dass er selbst kein Reiter war, machte die Sache nicht besser. Aber wer sich für den Schützling der Großmutter und seine Kunst interessierte, bekam im Flur nicht viel mehr als den einen oder anderen Spannrahmen aus unbehandeltem Holz und die grobe, fast schmutzige Rückseite zu sehen, ohne etwas von Motiven und Farben auf deren Vorderseite zu ahnen.

Der Maler war gegen alle sogenannten Schulen und jede Art von kunstgeschichtlicher Einordnung. Er verabscheute solche Schubladen und Etiketten und hielt sich der Großmutter zufolge für zu gut, um etwas anderes zu verkörpern als sich selbst. Aber ohne einer Schule oder

Richtung anzugehören, ließ sich seine Kunst kaum verkaufen, und im Flur in der Grevgatan lagerte die Großmutter seine Bilder in Erwartung einer Ausstellung, die sie zu planen begonnen hatte. Für ihr Teil war sie der Meinung, ihr Schützling sei ein Meister der Farben und ihnen gehöre die Zukunft.

Wo sollte man ihn ausstellen? Liljevalchs Kunsthalle? Die befand sich ja in der unmittelbaren Nachbarschaft des Malers. Vielleicht doch eher eine der kleinen, aber für die zeitgenössische Kunst einflussreichen Galerien in Östermalm? Oder trotz allem in der Akademie?

Kann Märta uns nicht mal ein Bild zeigen, fragte Tante Orlando an einem dieser Sonntage vor dem Essen, als die zukünftige Ausstellung erneut hin und her diskutiert wurde, wie üblich ohne dass der Künstler persönlich anwesend war. Und an diesem Sonntag war die Großmutter ihrer Freundin plötzlich zu Willen und holte drei Leinwände, wobei Onkel Acke sofort aufstand und sich verabschiedete, um einen Spaziergang zu machen.

Die Bilder stellten Pferde dar.

Tante Orlando betrachtete sie lange und aufmerksam. Dann schüttelte sie langsam den Kopf. Die Großmutter war gekränkt. Alle diese Pferde waren direkt nach der Natur gemalt, richtige Pferde, nicht die dressierten in einer Manege, die ihrer Freundin vertraut waren und die sie möglicherweise hätte beurteilen können. Aber dieser Naturzustand sei doch etwas ganz anderes als der Zucht-

und Dressurzustand, sagte die Großmutter, und wenn ihre Freundin diese Pferde trotzdem für untauglich erklären wolle, geschehe es wohl eher der Zirkuskunst als der Bildkunst zuliebe.

Aber Tante Orlando beharrte auf ihrer Meinung.

»Märta kann sagen, was Märta will, aber ein Pferd ist das nicht.«

Ist für heute fertig geritten?, fragte Onkel Acke, als er von seinem Spaziergang zurückkehrte und seinen Stock (Ebenholz, Silberkrücke) in die chinesische Vase (Ming) stellte, die er als Stockständer benutzte. Der Junge hatte in seinem Zimmer auf ihn gewartet, bereit, dort die gemeinsame Arbeit wiederaufzunehmen. Onkel Acke rieb sich die Hände vor Entzücken, als der Junge erzählte, was Tante Orlando von den Pferden des Malers gehalten hatte. Das war ja genau das, was er selbst schon lange gesagt hatte. Mit solchen Kreaturen war keine Ausstellung denkbar und sogar jeder Zirkus bald ruiniert. Im Galopp war die sogenannte Reitkunst unterwegs in ihren eigenen Untergang.

Tante Orlandos Kritik und Onkel Ackes totaler Mangel an Interesse mussten die Großmutter doch beeindruckt haben, denn später im selben Winter erklärte sie, dass es im kommenden Frühjahr keine Ausstellung geben würde. Und auch in keinem anderen Frühjahr. Die Kunst des Malers war trotz allem nicht von solcher Qualität, dass sie dazu taugte, dem Publikum gezeigt zu werden. Dazu hatte sie sich mit großer Mühe durchgerungen, nachdem es ihr schließlich gelungen war, Person und Werk voneinander zu trennen.

Da war es wieder, das Gemüse von Onkel Acke!

Ja, räumte sie ein, es tue ihr leid um eine Person, die sie weiterhin wertschätze und von der sie meine, ihr sehr nahezustehen. Aber von einer Ausstellung könne keine Rede sein.

Was Märta sagt, ist nicht wahr, erklärte Frau Orlando. Sie lügt. Aber Märtas Lügen sind gut gemeint. Ihre Lügen sind schöner, als wenn sie die Wahrheit sagt.

Es wurde Onkel Ackes Aufgabe zu erklären, dass der Junge, eingedenk des Wohlwollens, das der Maler ihm so oft erwiesen habe, der Geeignetste sei, ihm mitzuteilen, dass es keine Ausstellung geben werde. Onkel Acke erklärte dem Jungen, dass die Großmutter und er sich in diesem Punkt völlig einig seien. Er selbst könne diese Nachricht unmöglich überbringen; das würde ja heißen, sich auf ein Niveau mit diesem nicht einmal toten Künstler zu begeben, dessen sogenannte Kunst er von Anfang an als minderwertig eingestuft hatte. Und war jetzt nicht auch die Welt zu demselben Schluss gekommen?

Mit der Welt war wohl Tante Orlando gemeint.

Dabei waren die Pferde eine große Hilfe gewesen. Ein Tier darf nicht irgendwie aussehen, sagte Onkel Acke. Nicht einmal ein Pferd. Und die Großmutter kam in dieser Angelegenheit unter keinen Umständen als Botin infrage; dafür waren ihre Nerven zu schwach.

Außerdem ist deine Großmutter gefühlsmäßig involviert, sagte Onkel Acke mit einem Blinzeln zu dem Jungen. Gefühle, die wir Männer nicht verstehen können, auf die wir aber versuchen müssen, Rücksicht zu nehmen. Dabei ging es weniger um die Gefühle, die diese Pferde geweckt hätten, als vielmehr darum, dass Frauen doch immer Frauen blieben, sagte Onkel Acke vieldeutig, und involviert war auch so ein Erwachsenenwort, das der Junge nicht verstand, vielleicht war es lateinisch.

»Aber ich bin doch nur ein Kind.«

Onkel Acke wedelte den Einwand weg. Gerade das jugendliche Alter des Jungen zusammen mit seinem Unverstand würde sich in dieser Angelegenheit als äußerst vorteilhaft erweisen. Am nächsten Sonntag musste der Junge dann den breiten Narvavägen gehen, hinunter zum Wasser, und danach den Strandvägen überqueren, um den Maler auf Djurgården aufzusuchen, über die Brücke, auf der an jedem Brückenkopf altnordische gusseiserne Helden auf hohen Säulen standen, mit Schwert oder Lure versehen, Asengötter, die so tief aus Walhall herabgestürzt waren, dass sie fast im Wasser gelandet wären, und der Junge fragte sich, zu welcher Musik eine solche Lure wohl taugte, vielleicht zu nicht mehr als einem brüllenden Ton wie von einem Schiff im Nebel oder wie wenn einmal im Monat zur Mittagszeit der Fliegeralarm der Stadt geprobt wurde, ohne dass ein einziges feindliches Flugzeug in Sicht gewesen wäre. Auf der Brücke von Djurgården waren elegante Reiter in engen Lederjacken und Hosen mit Lederbesatz in beiden Richtungen unterwegs, ihre Pferde warfen die traurigen kleinen Köpfe hin und her, während die Reiter im Sattel auf und ab federten. Hinter der Brücke ging der Junge an den beiden Museen vorbei, zuerst rechterhand am Nationalmuseum, das aussah wie ein Schloss oder eine Ritterburg und in dem alle Gegenstände, die in diesem Land je hergestellt oder benutzt worden waren, in mindestens einem tadellosen Exemplar ausgestellt waren, dann linkerhand vorbei an einem weiteren Museum, viel kleiner als das erste, düster und aus dunklem Holz, ein Gebäude, das dem Jungen vorkam wie ein Wikingerschiff, jedoch voll mit Tieren wie die Arche Noah, allerdings mit ausgestopften, und das mindestens ein Exemplar von all dem enthielt, was je in diesem Land geschwommen, getrottet, geschlichen, gekrochen oder geflogen war, und erst nachdem der Junge links ein Gartenlokal auf einem niedrigen Hügel passiert hatte, erreichte er den Zirkus, wo vier Pferde aus Bronze sich auf dem Dach vor dem bleigrauen Spätwinterhimmel aufbäumten; und wären sie nicht für immer in diesem Bronzesprung erstarrt, wären sie wohl im nächsten Augenblick vom Dach gestürzt und hätten sich Beine und Hälse gebrochen, sich zumindest so schlimm verletzt, dass sie danach der Schlachthof, und nicht mehr die Zirkusmanege, erwartet hätte.

Gegenüber dem Zirkus lag die Djurgårdsstaden, wo der Maler wohnte. Die Kaserne aus dem 17. Jahrhundert gehört der Königlichen Marine, die dort seit jeher ihre Matrosen untergebracht hat, jetzt aber war das Gebäude von Gesindel bewohnt, das die Miete nicht pünktlich zahlte und im Winter die Kachelöfen mit feuchten Holzscheiten heizte. In diesem Haus wohnte der Maler. Die Steintreppe zu seinem Zimmer im ersten Stock war schief und im Laufe von über dreihundert Jahren von Seeleuten abgetreten; in jeder Stufe gab es blankgewetzte Reste von Schnecken oder Schalentieren, jetzt Fossilien, sogenannte Orthoceratiten, ein lateinisches Wort, die in dem Stein ihren ewigen Schlaf schliefen, damit die Matrosen auch an Land das Gefühl hatten, sich auf den Wellen des Meeres zu befinden.

An der Tür des Malers war ein Stück Pappe mit seinem in Tinte geschriebenen Namen befestigt. Der Junge war am Ziel. Der Maler selbst öffnete die Tür. Das machte den Auftrag nicht leichter.

Das ist aber ein feiner Besuch, sagte er und bat den Jungen herein.

Das Zimmer war groß, dunkel und nach alter Art niedrig. Die Fenster zur Gasse hin waren nicht mehr als zwei enge Schächte in der Wand, eigentlich mehr eine Mauer als eine Wand. Das Nachmittagslicht fiel in zwei bleichen Vierecken auf den Fußboden und auf die halbe Wand gegenüber, für mehr reichte das Licht im Zimmer nicht. Im Zimmer war es vollkommen still; der Junge hörte sein Herz vor Aufregung pochen.

Hinter dem Maler sprang plötzlich eine große Katze mit einem Satz auf einen Schrank, eines der wenigen Möbelstücke im Zimmer, plusterte sich dort zu einer haarigen, buschigen Katzenkugel auf und schaute auf den Maler und den Jungen herunter, bevor sie auf eine Kommode neben dem Schrank hopste.

Sofort verscheuchte der Künstler die Katze von der Kommode. Für seinen Gast zog er dann einen Sprossenstuhl in die Mitte des Zimmers. Der Junge setzte sich. Es war kalt im Raum, aus einem Kachelofen kam ein Knistern und Knacken. Der Maler trug einen flauschigen Wollpullover, darüber ein abgewetztes Sakko.

Darum muss man sich nicht kümmern, sagte er und meinte die Katze.

Aber die Katze kam nicht zur Vernunft. Sobald der Maler ihr den Rücken zukehrte und nicht mehr sah, was sie trieb, war sie plötzlich wieder auf der Kommode, trotzig und zugleich träge machte sie einen Buckel und streckte den Schwanz senkrecht in die Luft.

Also dann, sagte der Maler.

»Ich habe den Auftrag, Ihnen zu sagen, dass Ihre Pferde nicht aussehen wie Pferde.«

Der Maler hatte sich dem Jungen gegenüber auf einen Sessel gesetzt, während die Katze mit einem neuen Sprung auf seinem Schoß Platz nahm. Zerstreut kraulte der Maler sein Haustier, das es zu genießen schien, auch von einer vermutlich ziemlich verfrorenen Hand gestreichelt zu werden; die giftgelben Augen waren zur Hälfte geschlossen, nur mit Mühe öffnete die Katze sie wieder.

»Wie Sie sicher verstehen, kommt eine Ausstellung unter keinen Umständen in Frage.«

Letzteres hatte Onkel Acke ihm eingeprägt, ein Satz, der so wichtig war, dass er ihn auswendig konnte. An diesem Satz hing nun die ganze Zukunft des Malers. Nachdem er ausgesprochen worden war, war der Auftrag eigentlich erledigt; das mit den Pferden, die nicht wie Pferde aussahen, hatte sich der Junge von Tante Orlando ausgeborgt und es aus freien Stücken hinzugefügt.

Der Maler schwieg.

Grübelte er jetzt darüber nach, wie seine Zukunft sich ohne Ausstellung gestalten würde? Konnte man sicher sein, dass er das Gesagte wirklich verstanden hatte? Die Katze, der der Maler schweigend über den Rücken strich, schien mit eingezogenen Krallen und geschlossenen Augen eingeschlafen zu sein. Sie schnurrte, und die Zeit verstrich und verstrich, der Maler schwieg und würde bald ganz ohne Zukunft sein. Jemand ging durchs Treppenhaus, hinauf oder hinunter, vielleicht war es der Briefträger. Aber dann fiel dem Jungen ein, dass Sonntag war. Der Briefträger konnte es nicht sein. Und der Maler fuhr fort zu schweigen.

»Verzeihung, aber wie heißt die Katze?«

Statt einer Antwort erhob sich der Maler so plötzlich aus dem Sessel, dass das Tier mit einem erschrockenen

Miauen einen Satz auf den Boden machte und von dort aus wieder auf die Kommode. Eckig und ruckartig begann der Maler, im Zimmer auf und ab zu gehen, ehe er genauso plötzlich vor dem Jungen stehenblieb.

Aha, sagte er. Deshalb bist du also hier. Die Herrschaften selbst trauen sich natürlich nicht. Und einer wie du will wissen, wie die Katze heißt.

Der Junge war überrumpelt und merkte, dass er errötete.

»Ich dachte, fragen darf man doch wohl?«

Aufs Neue begann der Maler, im Zimmer auf und ab zu gehen, als suchte er einen Ausweg aus seiner eigenen Wohnung. Aber gesagt war gesagt, einen Ausweg gab es nicht mehr, der Maler war bereits ohne Zukunft, ein Pferd ist trotz allem ein wichtigeres Tier als irgendeine Katze.

Was für ein Muttersöhnchen, sagte der Maler mit einer Grimasse. Was für ein verflixtes kleines Muttersöhnchen.

Der Junge fühlte sich verlegen durch dieses Auf-und-ab-Marschieren, als versuchte der Maler, das abzuschütteln, was er zu überbringen hatte. Wenn er sich doch nur wieder niederlassen wollte! Dieses ganze Wandern war ja zu nichts nütze und setzte dem Jungen zu. Hatte der Maler verstanden? Hatte er wirklich zugehört, obwohl er nicht einmal auf seinem Platz stillsitzen konnte? Der Junge war sich nicht sicher, nahm daher allen Mut zusammen und versuchte zu verdeutlichen, was er schon gesagt hatte.

»Für Ihre Pferde gibt es kein bezahlendes Publikum.«

Aber der Maler ließ nur ein rohes Lachen hören und ging weiter im Zimmer auf und ab.

Und Rydén, sagte er plötzlich und machte eine Geste mit der Hand, diesmal aber nicht zur Katze hin. Rydén ist ein Fälscher. Ein Betrüger. Verstehst du? Und zu mir schicken sie einen Rotzlöffel, um mir zu sagen, wie ein Pferd aussehen soll!

Abermals lachte der Maler laut. Der Junge fand, ein solches Lachen sei fehl am Platz. Außerdem hatte ihn Onkel Acke nicht darauf vorbereitet, dass man ihn einen Rotzlöffel nennen würde, selbst wenn er angedeutet hatte, der Auftrag würde schwierig genug sein. Was musste man nicht alles im Namen der Kunst ausstehen, auch wenn man es in keiner Weise verdient hatte.

Und was gedenkt so ein kleiner Herr zu werden, wenn er groß ist, fragte der Maler mit verstellter Stimme; er klang wie seine Katze.

»Ich werde Kapitän.«

Ganz wahr war das nicht. Kapitän war nicht die erste Wahl des Jungen, er wollte Künstler werden, einer wie Rembrandt, aber der Junge fürchtete, er würde mit einer solchen Antwort den Maler noch mehr verärgern, als er es ohnehin schon war.

Auf dem Heimweg nach Östermalm überlegte der Junge, was er Onkel Acke sagen sollte.

War der Auftrag erledigt?

Hier galt es, das Für und Wider des Geschehenen abzuwägen, nicht das zu übertreiben, was dafürsprach, aber auch nicht auszulassen, was in die entgegengesetzte Richtung wies. Sollte die Katze überhaupt erwähnt werden? Ihr ungezähmtes Verhalten unterstrich, wie wenig der Maler sein Haustier im Griff hatte, vielleicht nicht nur Katzen, sondern Tiere ganz allgemein, weshalb es mit umso größerer Wahrscheinlichkeit in einer Katastrophe enden musste, wenn er sich mit dem Pinsel in derselben Hand Pferden widmete. Der Junge entschloss sich, die Katze doch nicht zu erwähnen, auch weil er unsicher war, ob Onkel Acke sich für sie interessieren würde; vermutlich genauso wenig wie dafür, dass der Maler ihn Muttersöhnchen und Rotzlöffel genannt hatte. Dass er aber Onkel Acke als Fälscher und Betrüger bezeichnet hatte, würde diesen bestimmt aufhorchen lassen.

Auf dem Weg zurück zur Djurgårdsbron merkte der Junge, dass das Wetter umgeschlagen war, Veränderung lag in der Luft. Zu dieser Jahreszeit war der Himmel fast immer leer, farblos oder so verwässert, dass es zu nicht mehr als einer Schattierung zwischen Grauweiß und Hellgrau reichte. Eine dünne Eisschicht bedeckte das Wasser in Gräben und Pfützen, aber so dünn, dass es später am Tag genauso gut schmelzen wie der Vorbote eines neuen Kälteeinbruchs sein konnte.

Aber die Veränderung war schon unterwegs. Eine neue Jahreszeit stand vor der Tür. Die Tage waren nicht mehr ganz so kurz. Niemand graute sich mehr vor der Dunkelheit am Abend. Man sehnte die Sonne herbei. Vögel flogen an kalten Tagen hoch am Himmel, so hoch, dass sie bald zu kleinen schwarzen Punkten wurden, die sich immer tiefer in den kornblumenblauen Himmel bohrten; an einer Hauswand fiel ein fast unsichtbarer Schatten wieder auf seinen alten Platz, ein Fenster öffnete sich zur Straße, ein Hund oder eine alte Frau bellte, Metall kratzte gegen Stein. Zu dieser Jahreszeit war es weder besonders warm noch besonders kalt, die Leute nahmen sich viel Zeit, um zu entscheiden, was sie anziehen sollten, ehe sie ausgingen, genug Brennholz gab es, obwohl es vorkam, dass man drinnen mehr fror als draußen, und zwar öfter an den Knöcheln und Handgelenken als an den Füßen. Die Bäume warfen im Schlaf ihre Decke ab, das hatte der Junge in der Zeitung gelesen, und die Decke war weiß, der letzte Schnee rutschte plötzlich von einem nackten schwarzen Ast; alles war im Handumdrehen vorbei.

Noch war es zu früh, um zu sagen, der Frühling sei da, aber er war unterwegs, der allerletzte Schnee schmolz dahin, und vereinzelt ragten gelbe Blumen auf dünnen gespreizten Stielen aus pechschwarzen Flecken inmitten von all dem Weiß, die ersten Gelbsterne, sagte man sich, der Frühling kommt, der Winter ist vorbei, sagte man sich, alle waren derselben Meinung.

Und auch wenn jetzt alles stehenbliebe, machte das nicht viel aus. Zu dieser Zeit wussten die Leute, dass man das Schlimmste hinter sich hatte, und in der Djurgårdsallén auf dem Heimweg in die Grevgatan musste der Junge sich in Acht nehmen, um nicht in die Pferdeäpfel zu treten, überall Pferdeäpfel, Pferdeäpfel über Pferdeäpfel, als wollten an einem solchen Sonntag auch die Reiter zusammen mit ihren Pferden feiern, dass der Winter endlich vorüber war.

Seit bald vierzig Jahren befindet sich der Wiener Flohmarkt in der Verlängerung des Naschmarkts zwischen der Rechten und der Linken Wienzeile. Fast jeden Samstag im Jahr ist er von der Morgendämmerung bis zum späten Nachmittag geöffnet. Die übrige Woche befindet sich dort ein Parkplatz. Anfangs war der Platz als Provisorium gedacht, aber die Stadt Wien schätzt das Zufällige und Unvollendete, und da der Flohmarkt nun schon so lange am Naschmarkt ist, hat er die Wiener davon überzeugt, dass er nie irgendwo anders gewesen ist als dort. Also durfte er bleiben.

Der Naschmarkt ist in dieser Stadt der größte Markt für Gemüse, Obst und Lebensmittel, und die Wiener lieben diesen Markt, wo Gemüse und Obst oft von schlechterer Qualität sind als die Waren, die auf dem Flohmarkt angeboten werden. Der Handel findet oberhalb der Wien statt, die auf ihrem Weg in die Donau gerade hier in der Nähe des Naschmarkts unter die Erde verlegt worden ist.

Was sie dort treibt, ist schwer zu sagen. Aber über der Erde gibt es den Wiener Naschmarkt seit mehr als hundert Jahren. Der Flohmarkt passt gut dazu, hat er ja mit der Verdauung der Stadt zu tun: Hier entledigt sie sich von allem Überflüssigen und Verbrauchten, alles, was sie nicht mehr verwenden kann, irrt sich dabei aber gewaltig. Denn von solchen Ausscheidungen leben in der Großstadt viele Sammler, Händler, Originale und nicht wenige arme Menschen. Wien ahnt das; ein Begriff wie Wiederverwertung ist nur ein anderes Wort für das urbane schlechte Gewissen.

Vierzig Jahre ist keine lange Zeit für einen Flohmarkt. Aber für Händler und Kunden sieht das anders aus; schnell lösen sie einander ab, obwohl der eine oder andere Händler sich vielleicht noch aus der Zeit gehalten hat, als der Flohmarkt sich Am Hof befand. Dass ich nicht schon längst einer von ihnen geworden bin – meine vollgestopften Schränke und Schubladen hätten das jederzeit ermöglicht –, hat vermutlich mit mangelndem Mut zu tun, mit Angst vor einer so unsicheren Existenz.

Hätte ich nicht anfangen sollen, meine Sachen samstags auf dem Naschmarkt zu verkaufen? Sammlungen, die ich nicht mehr fortführe? Doubletten? Alles, dessen ich leid geworden bin? Ich habe meinen Bekannten, den russischen Teppichhändler, gefragt, was er von der Sache halte. Er hat mir abgeraten. Ich würde mich besser als Kunde eignen; Sachen auf dem Flohmarkt zu verkaufen sei in meinem Fall zum Scheitern verurteilt. Man muss wissen, wo sein Platz ist. Vielleicht hat er mir nicht verziehen, dass ich ihm das Bild von P. C. Ducray nicht verkauft habe. Aber wenn ich dem Russen Glauben schenke, muss jede Abenteuerlust ihre Grenzen haben, und der Selbsterhaltungstrieb ist die höchste aller Pflichten.

Gerade jemand wie ich sollte es besser wissen, meinte er. Hatte ich ihm nicht erzählt, wie der Liebhaber meiner Großmutter vor der Revolution floh, als Sankt Petersburg, während des Krieges Petrograd, im Begriff war, Leningrad zu werden? Meinem russischen Bekannten zufolge sollte mir das eine Lehre sein. Sich in Petrograd, früher Sankt Petersburg, mit einem Stock gegen Polizeipferde zu wehren war doch ein Kinderspiel gegen das, was kommen sollte. Wäre der Liebhaber meiner Großmutter bis zum nächsten Krieg in der Stadt geblieben, die damals nicht mehr Sankt Petersburg oder Petrograd hieß, hätte er, statt Pferde mit dem Stock zu traktieren, sie aufessen müssen. Und auf die Pferde folgten bald Hunde und Katzen.

An lebende Pferde erinnert er sich noch aus seiner Kindheit. Jedoch weniger an Stöcke; die meisten verschwanden mit der Revolution und Herren wie Onkel Acke für immer.

Den Geschichten des Russen höre ich gern zu. Aber sein Gesicht sagt mir nichts, dazu kenne ich ihn nicht lange genug. An den Gesichtern von anderen Händlern kann ich hingegen ablesen, wie sie und ich zusammen gealtert sind, obwohl alles andere auf dem Wiener Flohmarkt unverändert ist und so, wie es immer war. Das Angebot der Händler ist dasselbe wie Am Hof, diese Mischung aus Alt und Neu, Heil und Beschädigt, aus Schrott und mehr oder weniger wertvollen Gegenständen. Vor allem sollten die Dinge alt sein, was nicht heißt, dass man sich hier mit der Vergangenheit beschäftigen würde. Eigentlich ist es umgekehrt: Ein Flohmarkt löst alle Gegenstände aus ihren historischen Bindungen, um sie bunt gemischt auf derselben Decke oder demselben Klapptisch aufzustellen. Dort sind sie aus ihrer eigenen Zeit gefallen, der großen Zeitlosigkeit oder Gegenwart ausgeliefert: (sogenanntes) phönizisches Glas, ein Feuerhaken, Gesangbücher, Schlafpuppen mit gläsernen Augen, Zuckerstreuer, Napoleon, ein halber Staubsauger, Kerzenhalter oder ein privates Fotoalbum. Je nach Belieben können sie dann zu einer neuen Welt zusammengestellt werden, in der Zeit keine Rolle mehr spielt.

Trotzdem bleiben weit mehr Dinge als Menschen das, was sie immer gewesen sind. Auf einem Flohmarkt werden keine Träume oder Ideologien verkauft, nicht einmal besonders viele Gedichte, höchstens ein Gegenstand, der im besten Fall zum Anlass für ein Gedicht werden kann. Die Dinge sind sich selbst genug. Eine Karaffe ist nur eine Karaffe, sie lässt sich für nichts anderes missbrauchen. Ein Schlüssel ist ein Schlüssel, ein Stock ein Stock, und auch wenn wir ihn in die Hand nehmen würden, um damit zu schlagen und zu prügeln, würde er bleiben, was er immer gewesen ist, also ein Stock.

Sie haben den Lauf der Zeit überlebt, sind aus einem Zuhause gerettet worden, das vielleicht nicht mehr existiert, während die Menschen, die sie besaßen und Freude an ihnen hatten, vermutlich tot sind. Alles ist hier endgültig zu toter Materie geworden, das Flüchtige und Vergängliche hat nicht überlebt. Die hundertjährige Weinflasche ist leer; was Inhalt oder Funktion war, hat der Gang der Zeit zumeist zerstört, das Uhrwerk der Pendeluhr ist verrostet, in der Schachtel sind keine Würfel mehr, die Lupe ist trüb, die Schneide stumpf, und für solche Verluste gibt es keine Entschuldigung oder mildernde Umstände, genauso wenig wie für unsere faltigen, unrasierten Gesichter oder die immer schütterer werdenden Haare.

Mit einigen der älteren Händler bin ich mir einig, dass es früher viel besser war. Damals war alles billiger, Angebote gab es im Überfluss. Die Gegenstände, die damals alt waren, erschienen älter als die heutigen alten Gegenstände. Schnäppchen waren immer noch möglich. Die Waren mögen sachgerecht gepflegt oder lädiert gewesen sein, aber wir, die sie verkauften und kauften, waren es nicht.

Doch auch diese Welt der Dinge schafft es nur selten, der Zeit zu widerstehen. Ein Gegenstand ist ja doch nicht ausschließlich Materie, er ist auch eine Aussage oder ein Zeichen, und die abblätternde Farbe, Kratzer im Lack oder Risse im Holz zeugen davon, dass die Zeit mit den Dingen und Sachen bisweilen verfährt wie mit den Menschen, dass kein einziger Gegenstand noch in dem Zustand ist, in dem er einst zur Welt kam, dass auch dem, was seinen Besitzer überlebt, dieselbe Vernichtung und dasselbe Verschwinden drohen.

Der Flohmarkt ist oft die letzte Chance für solche Dinge, sich noch eine Weile zu halten. Aber ganz ungefährlich ist es nicht, dort zu landen. Denn erst auf einem Flohmarkt, wenn sie nebeneinander aufgereiht sind, entdecken wir, wie überflüssig und sinnlos manche Dinge sind. Und wie bedauernswert: Was einen solchen Gegenstand einmal verwendbar machte, kann man sich hier kaum mehr vorstellen. Auf dem Flohmarkt sind sie nicht nur aus der Zeit gestürzt, sondern auch aus unserem Alltag.

Sie scheinen jeden Sinn verloren zu haben. Soll der Knauf nach rechts oder nach links gedreht werden? Fehlt hier nicht ein Griff? Vielleicht ein Deckel? Oder wir ahnen, wie dürftig das Heim ausgesehen haben muss, das durch eine solche Pendeluhr mit Kuckuck oder mit dem Porzellankaninchen, das an einem unappetitlichen Salatblatt knabbert, verschönert werden konnte.

Fast alle Gegenstände auf einem Flohmarkt gehören zu dieser Kategorie des Überflüssigen, obwohl das eine oder andere aus diesem Gerümpel früher oder später als etwas Wertvolles herausgefischt wird, ohne es deshalb wirklich sein zu müssen. Aber jeder Gegenstand hofft auf den richtigen Kunden, auch die Sachen, die in erster Linie Mitleid erregen und uns an die Vergänglichkeit aller Dinge erinnern.

Meine Gespräche mit den älteren Händlern enden meist mit der gemeinsamen Jagd auf Sündenböcke, die schuld sind an diesem Unterschied zwischen gestern und heute, den wir jedes Mal zugunsten des Vergangenen entscheiden. Wir sind im Gestern geblieben, wenn nicht aus anderen Gründen, dann schon allein deshalb, weil wir damals jünger waren. Aber es muss einen Sündenbock geben, und wir pflegen uns darauf zu einigen, dass die Händler auf der anderen Seite des Flohmarkts die Schuldigen sind, jene, die sich neben dem Geländer über der Unterwelt drängen, wo die U-Bahn (U4) und die Wien eingegraben sind, also die ausländischen Händler die Rechte Wienzeile entlang. Fast alle kommen vom Balkan oder, wie mein russischer Teppichhändler, von noch weiter her.

Die Rechte Wienzeile ist die proletarische Seite des Flohmarkts. Viele der Händler dort sind weit gereist und haben in der Morgendämmerung beim Marktamt angestanden, um einen Platz zu ergattern, haben dann ausgepackt, aus Schlamperei oder Müdigkeit das eine und andere zerbrochen, über die Glas- oder Porzellanscherben geflucht, sich aber in ihr Schicksal gefügt, mit dem Fatalismus, den sie samt den Waren von ihren Herkunftsorten mitgebracht haben. Ihre Waren haben sie in den Dörfern der Vojvodina oder in einer Ecke von Siebenbürgen aufgesammelt, und lange bevor es für ihre Wiener Kunden Zeit für das Samstagsfrühstück wurde, sind sie selbst schon so hungrig und durstig, dass sie aus Zeitungspapier mit kyrillischer oder unbegreiflicher Schrift ein halbes Hendl auspacken und ihr Gabelfrühstück mit verwässertem Wein herunterspülen, ein paar ältere Männer auch mit lauwarmem Pflaumenschnaps aus einer Flasche, in der richtigen Größe, sodass sie in eine Sakkotasche passt.

Meist handeln sie mit getragenen Kleidern oder Schuhen, die in besserem Zustand sind als ihre eigenen. Davon, wie es früher war, haben sie keine Ahnung; sie interessieren sich nicht für die Vergangenheit. Der Lauf der Zeit ist nicht ihre Sache, nicht hier, wo man darüber nichts weiter wissen muss, als dass das Alte gefragter ist als das Neue, nur nicht bei Kleidern und Schuhen. Diesen Tschuschen wird nachgesagt, dass sie den Händlern, die nicht so weit gereist sind, das Geschäft verderben, auch wenn eigentlich unklar ist, wie. Man ist sich einig darüber, dass diese Tschuschen zu viele geworden sind und das den eigenen Geschäften abträglich ist; und dazu nicke auch ich zustimmend, statt zu protestieren, es ist doch Samstag, und ich habe weder die Kraft noch die Lust, mich mit der alltäglichen Fremdenfeindlichkeit auseinanderzusetzen, die in Wien gern einen vertraulichen, fast familiären Ton anschlägt, um sich anzubiedern.

Und dennoch ist es keineswegs wahr. Vielleicht stimmt, dass sie zu wenig für ihre Waren verlangen (sofern sie nicht zu viel verlangen), dass sie mit purem Schrott handeln (obwohl die Antiquitätenhändler sich in der Morgendämmerung wie Geier auf ihre Waren stürzen). Vielleicht ist es wahr, dass sie sich nicht an die hier gültigen, ungeschriebenen Regeln halten. Aber ohne diese Händler vom Balkan wäre der Wiener Flohmarkt nicht mehr als eine ziemlich langweilige Inventur oder ein Lagerabverkauf in einer Stadt, die heutzutage nicht mehr auf vielen Schätzen ruht.

Deshalb sollte ich eigentlich protestieren. Aber vor die Wahl gestellt, Personen meines Alters zu erziehen oder mich vor meiner mitbürgerlichen Verantwortung zu drücken, bevorzuge ich Letzteres und begnüge mich mit der Rolle des Außenseiters. Wien ist ja nicht meine Stadt. Zu Hause bin ich hier nicht, mich einen Wiener zu nennen würde mir nicht einfallen. Nach fast vierzig Jahren bin ich immer noch ein Zugereister; trotz der langen Zeit hat sich daran nichts geändert. Ich gehöre nicht hierher und kann nicht damit rechnen, es je zu tun.

Die Händler von früher sind mit ihren ständig neuen alten Dingen zusammen gealtert, wenn sie nicht schon tot sind. Einige davon vermisse ich. Frau Liesl mit ihren Stickereien ist wohl gestorben, zumindest ist sie nicht mehr da. Sie handelte mit Gehäkeltem oder Gesticktem aus Nachlässen. Mit ihren Spitzen, sorgfältig gebügelten Tischdecken, Topflappen oder Servietten, deren Namen oder Initialen im Kreuzstich zu den Kunden nicht passten, war sie gewöhnlich auf jedem Flohmarkt zur Stelle. Herr

Riedl, dieser gütige Mensch, auf dem Flohmarkt stets mit Paletot und Melone wie ein Fiakerkutscher, aber ohne Pferd und Wagen, ist auch tot. Er starb am Herzschlag, was in diesem Fall als passender Tod betrachtet werden kann. Herr Riedl hatte sich auf Stöcke spezialisiert; Onkel Acke hätte gewiss viel Zeit an seinem Stand verbracht und seine große und originelle Sammlung geschätzt. Aber auch die Stöcke sind mit Herrn Riedl vom Flohmarkt verschwunden. Ich habe nie etwas bei ihm gekauft, aber das störte ihn nicht, sein Interesse für Menschen war weit größer als für Geschäfte. An kalten und windigen Wintermorgen bot er selbstgebrannten Marillenschnaps an; eher gerührt von so viel Fürsorge, als um mich zu wärmen, leerte ich ein Stamperl oder zwei.

Herrn Riedls Nachbar zur Rechten war ein versoffener, eigentlich gutmütiger Kerl, der seine Kunden mit großer Verschlagenheit schröpfte. Mir verkaufte er eine Staffordshirefigur, einen Kavalleristen, und als ich es zu Hause reinigte, stellte sich heraus, dass nicht nur ein Bein, sondern auch der Schweif des Pferdes mit Klebstoff repariert worden war. So gut er konnte, verteidigte er sich, als ich ihm am nächsten Samstag die defekte Ware zeigte. Das hatte er wirklich nicht gesehen. (*»Geklebt, sagn S'? So a Malheur! Lassn S' mal sehn! Na so wos! Das muass grad jetzt passiert sein!«*) Aber er hatte es bestimmt bemerkt, und vermutlich war er es selbst, der das Bein und den Schweif zusammengeklebt hatte.

Bis zu seiner Pensionierung war er hinter einem Schreibtisch voller Akten und Stempel in der Verwaltung der Stadt Wien beschäftigt gewesen. Herr Riedl verstand sich gut mit dieser Person, die um Punkt elf Uhr Wurst und ein paar Scheiben Brot auf einem zerknitterten Papier auftischte, oft eine Käsekrainer, die er dann mit einem großen mehrteiligen Taschenmesser schnitt und verzehrte, bei dem alle Klingen zur Anwendung kamen, die größeren, um die Wurst aufzuschneiden und in den Mund zu stecken, die kleineren, um danach die Zähne zu reinigen. Es hieß, er wohne irgendwo in Margareten und sei glücklich verheiratet gewesen, aber das sei schon lange her, außerdem habe er als Kinderschänder ein paar Jahre im Gefängnis gesessen. Doch die Kinder waren nichts, worüber man redete, ebenso wenig wie über seine Zeit im Dienst der Stadt Wien.

Wie die Antiquitätenhändler in ihren Läden in den feineren Wiener Stadtteilen herrscht auf dem Flohmarkt jeder Händler uneingeschränkt über sein Revier. Viele mieten jahrein, jahraus denselben Stammplatz, den sie bald als ihr privates Eigentum betrachten. Zu Hause bei sich können sie dann machen, was sie wollen. Wie sie sich an den Samstagen ihrer Geschäfte annehmen und sich den Kunden gegenüber verhalten, hat mehr mit der Laune und dem Wetter zu tun als mit dem Verkaufen. Gelegentlich sind sie morgenmufflig oder verkatert, und fast immer sind sie nervös, in Wien die Bezeichnung für eine unbestimmte gereizte Gemütsverfassung ohne wirkliche Ursache. Früh am Samstagsmorgen reichen ihre Kräfte nicht, um diesen metaphysischen Missmut zu verbergen. Manchmal macht sie das Wetter in Verbindung mit der Wiener Nervosität aggressiv, wenn das Revier gegen den Nachbarn zur Rechten oder zur Linken verteidigt werden muss. Auch die Kunden müssen dann das eine oder andere erdulden. Mit Großzügigkeit und Höflichkeit tritt der Händler erst auf, wenn die Ware beim Kunden und das Geld bei ihm gelandet ist (oft in einem großen Portemonnaie, das man an einem Gürtel unter der Jacke oder dem Sakko trägt). Einige von diesen Händlern gleichen ihren eigenen Waren oder zumindest der Werbung für sie. Es gibt Wiener Veteranen, die in Decken gehüllt in einem Sessel oder auf einem Sofa irgendwo ganz hinten in ihrem Stand liegen; die Liegenden oder halb Liegenden halten sich im Hintergrund auf, diejenigen, die den Kunden demonstrativ den Rücken zukehren, im Vordergrund. Die Letzteren gleichen Zentauren, einem aus Stuhl und Mensch zusammengewachsenen Wesen. Die in Decken im Hintergrund sehen eher aus wie regungslos auf dem Rücken liegende Krokodile, auch wenn es regnet.

Solche Händler wirken der eigentlichen Geschäftstätigkeit gegenüber oft vollkommen gleichgültig. Erstaunlicherweise auch ihrer eigenen gegenüber. Die Augen bleiben halb geschlossen, als wollten sie nicht sehen, was geschieht, obwohl sie für gewöhnlich starrsinnig an ihren horrenden Preisen festhalten. Die Phantasie und Rhetorik, die sie dabei aufbringen, um zu erklären, warum ein Preis sich unmöglich senken lässt, eigentlich schon viel niedriger sei, als er sein sollte, wäre eines Erweckungspredigers oder Heiratsschwindlers würdig. Fast immer geht es dann um eine Summe, die sich dicht an der Grenze dessen bewegt, was kaum seriös ist. Denn das übliche Missverständnis auf einem Flohmarkt entsteht, wenn der Käufer einen interessanten Gegenstand gefunden hat, für den er aber so gut wie nichts bezahlen will, während der Verkäufer meint, er gehöre in die Vitrine eines Museums und verdiene einen entsprechenden Preis.

Hier haben wir es mit dem grundsätzlichen Widerspruch jedes Flohmarkts zu tun. Aber meistens lässt er sich einfacher und in größerer Harmonie auflösen, als man vermuten würde; mit einem spöttischen Lächeln kann der Händler plötzlich ein schändliches Angebot akzeptieren, für einen Augenblick übermannt von Misanthropie und seiner großen Verachtung für einen derart ahnungslosen Kunden. Diese Art von launischer Großzügigkeit ist üblicher, als man meinen sollte, und jedes Mal, wenn sie zutage tritt, erkennen wir, dass wir gerade ein Geschäft mit einem der echten Veteranen des Flohmarkts abgeschlossen haben.

Trotzdem könnte man einen Flohmarkt als die endgültige Bestätigung der fragwürdigen ökonomischen Theorie ansehen, die besagt, dass jedes Angebot sich früher oder später seine eigene Nachfrage schafft. Dazu bedarf es jedoch eines Verkäufers mit viel Zeit und Geduld. Aber der serbische Zigeuner nahe an der Rechten Wienzeile, der auf dem Boden vor sich Wasserhähne ohne Dichtung, Telefone ohne Kabel oder Hörer, Langspielplatten ohne Hülle und mit langen Kratzern im Vinyl aufgereiht hat, wäre nicht da, wenn die Wirklichkeit nicht alle unsere Vorstellungen von ihr strafen würde. Doch vor dem Abschluss des Geschäfts müssen Angebot und Nachfrage zusammen ein akustisches Menuett mit ungewissem Ausgang aufführen:

– *Wos kostet des?* – *Zwanzig.* – (Schweigendes Zögern). – *Jugend* (oder »Biedermeier« oder »Kaiserzeit«). – (Weiteres schweigendes Zögern.) – *Sag dein Preis!* – (Weiteres schweigendes Zögern). – *Wos zahlst du?* – *Na ja, an Fünfer könnt' i zahl'n. Jugend is des net.* – *Funfzehn. I geb' für funfzehn, letzte Preis! I bin net Räuber, so wie die anderen.* – *Hob i wos g'sogt?* – *Funfzehn! Nur für dich!* – *Na. Da kumma net z'samm.* – *Sog dein Preis, maximum!* – *An Zehner könnt' i zahl'n.* – *Zwölf! Nimm! Jugend mit Stempel!* (Und so weiter und so fort.)

Oder, etwas eleganter, wie das Menuett in der Nähe der Linken Wienzeile getanzt wird:

– *Wos kostet des?* – *Wos woll'n S' zahl'n?* – *Lieber nix.* – *Des glaub' i Eana gern.* – *Schaun S', hot doch an Sprung.* – *An Sprung? Zeig'n S' ma's her! Na schau her. San halt die Umständ'.* – *Wos für Umständ'?* – *Die Zeit, wissen S'.*

Olles hat sei Zeit, auch so a Vaserl. – Na ja. – Drehen S' es halt um a bisserl. Is ja eh so ein Dekorationsstück, wissen S', taugt aber freilich auch für Blumen. – An Zwanziger. – An Zwanziger? Na. Entspricht ja net amol der künstlichen Qualität von so an Vaserl. Der historische Bezug, wissen S'. Fufzig is mei letzter Preis. – Na, da kumma net z'samm. – Des is schod, hob i Sie doch glei' als Kunstmensch eingestuft. – Na, net wirklich. War eher amol früher der Fall. A Dekorationsstück, sagen S'? – Ja, so in der Art. Eher a Prunkstück, wenn S' woll'n. – Na ja. – Was woll'n S' denn zahln? – Zwanzig hamma g'sagt. Höchstens fünfazwanzig. – An Preisnachlass? Na, mir san ja in der Talsohle der Rezession, wissen S', und müss'n uns bei der Preisgestaltung dementsprechend verhalten. – Fünfundzwanzig könnt' i zahl'n. – Na, da kumma net z'amm, is ja Biedermeier oder noch älter, Sie sehen's ja selber. (Und so weiter und so fort.)

Von einem Kroaten wollte ich einen Wein- oder Wasserkrug von der Art kaufen, wie sie die Bauern in Zagorje früher dabeihatten, wenn sie auf den Feldern arbeiteten. Ein Krug in einem erdigen Schwarz, ohne Muster oder Verzierungen, nicht besonders alt, nicht besonders bemerkenswert, aber in gutem Zustand und zu einem anständigen Preis. Mein Angebot lag darunter. Der Händler bestand auf seinem Preis. Ich betonte, dass das Feilschen zum Flohmarkt gehört. Vergeblich. Nicht einmal, als ich widerwillig mein Angebot erhöhte, kam mir der Händler entgegen; meine Nachgiebigkeit schien ihn eher in seinem Entschluss zu bestärken, den Preis nicht zu senken.

Keiner von uns gab nach, es kam zu keinem Abschluss. Aber gleich darauf bereute ich es, wegen einem Zehner hin oder her sollte das Geschäft nicht platzen, ging wieder zurück und erklärte, ich sei bereit zu bezahlen, was er haben wollte, und bat ihn, den Krug in etwas Papier einzuschlagen. Er weigerte sich. »Für Sie kostet er jetzt neunzig.« Das war fast doppelt so viel wie das, was er ursprünglich verlangt hatte. Ich hatte ihn offenbar gekränkt, als ich mich weigerte, mich mit dem Preis abzufinden, den er für den Krug angesetzt hatte – und er hatte es nicht vergessen. Aber jetzt war er es, der bestimmte, und solange er das tat, würde ich nicht der Besitzer dieses Kruges werden. Mit leeren Händen ging ich davon. Eine Stunde später schickte ich einen Strohmann, meinen russischen Bekannten, der ihn für genau die Summe kaufen konnte, die der Händler ursprünglich verlangt hatte.

Ein anderes Mal kaufte ich einen Spiegel mit Rückgaberecht, da ich erst sehen wollte, ob er bei mir zu Hause passen würde. Das tat er nicht. Am nächsten Samstag gab ich den Spiegel zurück, ohne etwas anderes als Ersatz zu finden. Stattdessen bekam ich einen handschriftlichen Gutschein, mit einer Unterschrift versehen. Der Händler war stolz darauf, Papier und Stift handhaben zu können, und nahm sich viel Zeit, um seine schwungvolle Unterschrift auf den Gutschein zu setzen.

Für ein paar Wochen war ich verreist, aber zurück in Wien, fand ich gleich am ersten Samstag bei demselben Händler einen alten Bauernschmuck aus Silber, vermutlich albanisch oder türkisch. Ich wollte mit meinem Gutschein bezahlen. Misstrauisch beäugte der Händler sein eigenes Papier, bevor er es für ungültig erklärte: Freilich, er habe das geschrieben und unterzeichnet, das wolle er nicht leugnen, aber als Gutschein tauge es nicht mehr. Der Schuldschein sei zu alt. Die Zeit habe ihn ungültig gemacht. Alles in dieser Welt ändere sich im Lauf der Zeit, nicht wahr, und was damals so und so gewesen war, war jetzt ganz anders. Mein Guthaben existiere nicht mehr und könne daher nicht eingelöst werden.

Eine solche Konfiszierung musste als die kommerzielle Verneinung der Regel gelten, die besagt, dass alles auf einem Flohmarkt sehr alt sein sollte.

Ich beklagte mich bei den älteren Händlern, die ich kenne. Die meisten meinten, ich sei selbst schuld, das komme eben davon, wenn man sich auf diese Händler aus dem Balkan einlässt. Aber man war sich einig darüber, dass ich nicht ganz zu Unrecht so behandelt worden war. Das überraschte mich, obwohl ich weiß, dass alle Flohmarkthändler trotz allem Kollegen sind, allerdings in so großer Zahl und auf einem so begrenzten Raum, dass das Kollegiale leicht in Aggression umschlägt. Das geschieht vor allem, wenn es darauf ankommt, das eigene Revier sogar handgreiflich zu verteidigen: Von links oder rechts ist ein Kollege eingedrungen, versucht, Boden zu gewinnen oder sich den einen oder anderen Vorteil zu verschaffen. Selbst der milde und melancholische Herr Riedl konnte dann laut und gemein werden. Ein solcher Eindringling hieß dann nicht mehr Herr Kollege oder verehrter Maestro, sondern eben Tschusch oder Balkanese.

Aber es dauert nie besonders lang, bis die Waffen wieder ruhen. Die Streitenden sind sich vielleicht nicht einig, aber erschöpft. Das, worum sie kämpfen, ist außerdem zu unbedeutend; die Reviere auf einem Flohmarkt sind zu klein für etwas anderes als Hahnenkämpfe, die nur ein paar Federn kosten und bei denen selten Blut vergossen wird.

Herrn Riedls Nachbarin zur Linken war eine Dame, die wir nie anders als Madame nannten. Sie erinnerte an eine verlebte Kurtisane, jetzt waren die schweren Brüste dicht über der Taille verankert, eine Ruine der eigenen Laster und Ausschweifungen. Auch Madame hielt sich meistens im Hintergrund ihres Reviers auf, wie andere Veteranen eher liegend als sitzend auf einem Klappstuhl. Ihr Körper, der einst Formen und Kurven gehabt haben musste, verbarg sich jetzt unter Tüll und Schals in mädchenhaften Pastelltönen. Je nach Jahreszeit war das, was entblößt wurde, entweder von der Sonne gebräunt und ledrig oder milchweiß und wabbelig.

Unabhängig von der Jahreszeit war sie schon früh am Morgen geschminkt. Die schwarzen Striche in dem Weißen und Körnigen sollten eine Grenze zwischen Madame und ihren Gegenständen ziehen. Aber da war zu viel Schminke zu dick aufgetragen, eine Schicht aus Puder und Farbe, die Madame älter machte als ihre Gegenstände, die ihre Jahre hervorhoben, statt sie zu verbergen, und an ihrer Miene konnte man ablesen, dass auch sie Bescheid wusste und den Kunden hasste, der das entdeckt hatte.

Nur gelegentlich hatte Madame ihren Kunden etwas zu sagen. Zu einer kurzen Auskunft über einen Preis ließ sie sich bisweilen herab, selten zu mehr. Die Kunden waren dazu da, dass sie ihre Waren an sie loswurde, nicht, um sich mit ihnen zu unterhalten. Auf das Niveau des Kunden geruhte sie sich nur aus rein kommerziellen Gründen zu begeben. Ihr Hund war ihr Gesellschaft genug. Er wurde auf dem Schoß verwahrt, im Winter innerhalb des Mantels, ein kleines Bündel, das immerzu wütend und beleidigt aussah. Unablässig schien Madame mit diesem Hund beschäftigt, liebevoll und hysterisch, offenbar auch dann, wenn sie ihn nicht streichelte oder fütterte. Es kam vor, dass der Hund versuchte, Madames Revier zu erweitern, indem er in das von Herrn Riedl pinkelte.

Die Verhandlungen mit den Kunden wurden von einem wesentlich jüngeren Mann geführt. Im Gegensatz zu Madame war er auch im Winter gebräunt. Er glich einem Seemann aus einer anderen Zeit, der in weit größeren Gewässern als der Donau unterwegs gewesen war. An Land verwaltete er jetzt eine Art Schiffbruch und bewegte sich vorsichtiger, als man es an Deck tut, obwohl er nicht mehr nachdenken musste, wohin er den Fuß setzte. Die Gegenstände, über die er die Aufsicht hatte, wurden mit Gleichmut behandelt. Anscheinend waren sie ihm völlig egal; beachtet wurden sie nur, wenn sie gezählt und als Teilstücke in eine größere Ordnung eingefügt wurden. Auch mehrere Jahre im Dienst von Madame schienen ihn nicht mit einem einzigen davon vertraut gemacht zu haben. An den Samstagen konnte man sehen, dass sie ihm auch in Zukunft fremd bleiben würden, ohne Wert; einen solchen Gegenstand zu stehlen würde ihm wohl nie in den Sinn kommen.

Madames Gehilfe war jedes Mal wieder verwundert, wenn doch etwas verkauft wurde. Im Hintergrund kassierte sie, während er, der Seemann, die Aufgabe hatte, das Eingekaufte in Papier einzuschlagen und in eine Plastiktasche zu stecken. Wenn er selbst ausnahmsweise das Geld entgegennahm, schien er sich zu schämen.

In der Tat: Das war ja nicht seine Aufgabe. Es war, wie wenn eine Matrose bei einem Flottenbesuch an der Gangway stehen und Eintrittskarten an neugierige ältere Herren und Damen verkaufen muss, die noch nie zur See gefahren sind, vielleicht nicht einmal schwimmen können, aber an Bord eines am Kai vertäuten Schiffs etwas über das Seemannsleben lernen wollen.

Die Tätigkeit eines Schiffsjungen!

Mehrere Händlerinnen auf dem Wiener Flohmarkt

beschäftigen junge Männer als Gehilfen. Diese sind schweigsam und schüchtern, haben den Blick oft auf den Boden oder in die Ferne gerichtet. Einige sind tätowiert. Die Tattoos wirken staubig, graublau vom Alter, obwohl ihr Träger jung ist, nicht viel älter als die Bilder auf seiner Haut. Ein Kreuz. Ein Anker. Ein durchstochenes Herz – unscheinbare Verzierungen, als hätte der Besitzer der Haut nicht den Mut gehabt, sich ein voll getakeltes Schiff oder den Namen eines Mädchens stechen zu lassen.

Madames Gehilfe hatte einen Löwenkopf auf seine schmale, eingesunkene Brust tätowiert, wo jede Rippe sich unter der Haut abzeichnete. Der Löwenkopf war sicher schlauer als sein eigener, passte zudem zu seinen Bewegungen, die etwas von der Geschmeidigkeit und der lässigen Trägheit einer Raubkatze hatten. Trotz dieses Löwen gab es Samstage, an denen der Gehilfe mehr einem Hund glich, zwar größer als der, den seine Chefin sich hielt, aber friedfertiger, den Schwanz ängstlich zwischen die Beine geklemmt.

Vermutlich wurde er absichtlich über das Geschäft in Unkenntnis gehalten, mit der einzigen Aufgabe, aus Papier und Kartons all die Gegenstände auszupacken, die – wenn sie gegen Ende des Nachmittags nicht verkauft worden waren – mit demselben hundeartigen Gleichmut wieder in Papier eingeschlagen und verstaut werden mussten. Eine trostlose Aufgabe. Allerdings ist nicht ganz auszuschließen, dass ein solcher Gehilfe auch nachts Dienst hat, dass er den Mast erklimmen muss, hinunter und wieder hinauf, und dass er bis auf diese Nachtarbeit keine andere Aufgabe hat als eben diese einzige: samstags alle Waren der Madame aus- und einzupacken.

Aber wer kann auf die Dauer so leben?

Trotzdem fährt der Gehilfe fort, ein- und auszupacken, und verrichtet seinen Dienst, ist vielleicht sogar zufrieden mit diesem Hunde- und Nachtdienst, besonders, weil niemand ihn daran hindert, sich danach, ausgestreckt auf einem Sofa oder auf dem Rücken in Madames Bett, eine Zigarette anzuzünden, während seine Tagträume von einem anderen Leben nicht mehr sind als ein stiller Wellenschlag der Gedanken in seinem Gehilfenkopf.

So verbringt der Gehilfe einen erheblichen Teil seines Lebens, bis der Tag kommt, an dem die Dame seiner überdrüssig ist, ihn des Diebstahls bezichtigt (nicht von Waren, sondern von Geld) oder ihm vorwirft, beim Aus- und Einpacken zu viel zu zerschlagen. Von einem Samstag zum andern ist er dann plötzlich verschwunden und gegen einen anderen Hund ausgetauscht. Oder der Gehilfe trifft, wie bei Madame, eine jüngere Frau vom Land, die dem Hund über den Rücken streicht, statt ihn zu schlagen, zu treten, zu schelten. Aus solchen Verbindungen zwischen Land und Meer können Ehen werden, die ein Leben lang halten und in denen fast kein Porzellan oder Glas zerschlagen wird.

Etwa ein Jahr nach dem Verschwinden von Madames

Gehilfen traf Herr Riedl ihn zufällig Hand in Hand mit einer jungen Frau auf dem Naschmarkt. Das Mädchen war rundlich und schüchtern, beide wirkten sehr glücklich. Herr Riedl bemerkte, dass sie jedes Mal den Blick senkte, wenn er sich ihr zuwandte. Sie waren schon seit drei Monaten verheiratet. Herr Riedl hatte den Eindruck, dass die Eheleute sich ungern an die Zeit des früheren Gehilfen in Madames Diensten erinnerten. Für ihn kann das Vergessen nicht schwer gewesen sein. Solche Gehilfen hinterlassen selbst nach vielen Jahren in der Branche keinerlei Spuren; selten oder nie haben sie etwas davon zu erzählen. In dem gleichen sie jemandem, der in jungen Jahren zur See fährt und erst, wenn er nicht mehr fürs Seemannsleben taugt, abheuert, um sich dann an Land an nichts mehr zu erinnern als Wasser, nichts als Wasser.

Madame und ich kamen selten überein.

»Stellen Sie das zurück an seinen Platz!«

Ihren Befehl unterstreicht sie mit einem Anheben von Kinn und Brauen. Die Brauen sind schwarz auf die Schminke gemalt, und unter ihrem ersten Kinn zittern all die anderen leicht, eine schlaffe, wogende Fleischlichkeit, die verrät, wie erregt sie ist. Ein Kunde hat vielleicht keine Pflichten, aber auch keine Rechte. Und ich bin etwas Schlimmeres als ein Kunde: ein Sammler.

Schon früh hatte Madame mich durchschaut. Ein Sammler ist zwar ein zuverlässiger Kunde, aber einer, der sich möglicherweise für einen Gegenstand interessiert, weil er ihn aus irgendeinem Grund für viel wertvoller erkannt hat, als dafür verlangt wird. An einen Sammler zu verkaufen hinterlässt daher oft das Gefühl, hereingelegt worden zu sein, besonders, wenn dieser nicht einmal versucht hat zu feilschen.

Der Gehilfe hat sich Madame zugewandt, mit dem Rücken zu mir. Ich zögere, wohin ich das Glas zurückstellen soll. Wo hat es gestanden? Hier muss jedes Ding seinen Platz haben, um jener übergreifenden Ordnung willen, die nur für den Kunden, nie für Madame beliebig ist. Nachdem ich das Glas zurückgestellt habe, nimmt der Gehilfe es sofort in die Hand und wendet sich wieder Madame zu, die kurz nickt und eine Geste mit der Hand macht. Der Gehilfe bemitleidet mich und sagt fast flüsternd: Fünfzig.

Ein Phantasiepreis. Ich sage, das ist viel zu viel.

Abermals hebt Madame nur die Brauen, statt zu sagen, das mit dem Preis sei ganz und gar meine Sache, sie wünsche mir Glück, wenn ich glaubte, ein solches Glas irgendwo anders billiger zu finden, ich könne es ja versuchen.

Ich kann höchstens zwanzig zahlen, sage ich. Das ist mein letztes Angebot.

Ob Madame gehört hat, was ich sage, ist schwer festzustellen, aber sie hat gehört, dass es nicht fünfzig war. Der Gehilfe stellt das Glas zurück an seinen richtigen Platz. Er sieht aufrichtig betrübt aus. Zwanzig Euro sind immerhin zwanzig Euro, und außerdem gibt es hier viel zu viele Gegenstände, die in ein paar Stunden wieder eingepackt werden müssen.

»Zwanzig kann ich bezahlen.«

»Az ördög vigyen el!«

Was das Auge nicht sieht, enthüllt das Ohr, und was laut ausgesprochen wird, sieht man auch besser; eine ganz neue Seite von Madame. So ein Weib! Gerade das Ungarische rühmt sich, eine Sprache mit besonders derben und saftigen Flüchen zu sein, und wir, die wir das nicht überprüfen können, müssen es glauben. Madame hat mich laut verflucht, aber auf Ungarisch, damit ich es nicht verstehe. Was sie sagt, ist zwar an mich gerichtet, aber im Grunde will sie es für sich behalten. Ganz so unwissend, wie sie glaubt, bin ich jedoch nicht; stattdessen hat sie jetzt eine ganze Menge von sich selbst preisgegeben. Denn Menschen, die Ungarisch sprechen, ohne in die Sprache hineingeboren und mit ihr aufgewachsen zu sein, gibt es trotz allem verschwindend wenige.

Das Ungarische ist jedoch nicht ungewöhnlich auf dem Wiener Flohmarkt. Hier spricht man mindestens ein Dutzend Sprachen, obwohl alle außer einer als fremd gelten müssen. Zu Hause ist hier nur das Deutsche. Eigentlich bedeutet Deutsch das Wienerische mit seinen lokalen Varianten, aber auch einen alpinen oder burgenländischen Dialekt kann man samstags hier hören. Das Hochdeutsche hingegen nur aus den Mündern von deutschen Touristen. Es wird mit lauter Stimme weit vorn im Mund gesprochen, beleidigt das Wiener Ohr und schneidet schrill durch das weiche babylonische Sprachgemurmel, das zu diesem Markt gehört.

Denn der Flohmarkt ist eine Art Schlachthaus für alle Sprachen, die hier samstags zur Anwendung kommen, Sprachen, die nach der Schlachtung so gesprochen werden, wie sie eigentlich nicht gesprochen werden können, und dennoch verstanden werden, obwohl sie eigentlich nicht mehr verstanden werden dürften. Aber bevor sie zur Anwendung kommen, müssen sie sich erst damit abfinden, grob misshandelt, verstümmelt, zerstückelt und zerhackt zu werden, bis die Teile, die übrig bleiben, nur noch Phrasen oder fast unbegreifliche Wortfetzen sind. Das Deutsche bürgt für die allermeisten Schlachtreste. Aber wenigstens ein halbes Dutzend andere Sprachen haben zu dem linguistischen Allerlei beigetragen, das dann als das eigene Idiom des Flohmarkts serviert wird. Mit Sicherheit ist es das in Wien am wenigsten verbreitete: In den Vierteln jenseits der Linken und Rechten Wienzeile gibt es für diese Flohmarktsprache, eine Art Deutsch und auch wieder nicht, keinerlei Verwendung.

Der slawische, türkische oder albanische Händler aber, der sich dieses Rotwelsch angeeignet hat, basierend auf (einer Art) Deutsch, hat zusammen mit ihm eine soziale Stellung erobert, die ihm einen Vorsprung vor seinen Konkurrenten verschafft. Sein Rotwelsch erlaubt ihm, sich den Kunden einigermaßen verständlich zu machen, die nichts anderes als Deutsch sprechen, jedenfalls nur selten eine der anderen Sprachen des Markts. Ein solcher Händler hat sich hochgekämpft. Er ist etwas Besseres geworden als ein Lumpensammler, mehr als derjenige, der nur mit halben Sätzen oder einzelnen Wörtern auf Deutsch auskommen muss. Und er verkündet es stolz, wenn er mit lauter Stimme ununterbrochen mitteilt, wer er ist und was er kann, und mit Lobgesang seine Waren anpreist, indem er paradoxerweise ihren geringen Wert betont.

»Billiger, billiger, billiger! Alles billiger.« Oder in einer absurden, eigentlich selbstzerstörerischen Wendung: »Heute billig, morgen gratis!«

Diese Händler sind zu Recht stolz darauf, (eine Art) Deutsch zu verstehen und zu sprechen. Mithilfe einer fremden Sprache ist es ihnen gelungen, wenigstens an den Samstagen in einer besseren Gesellschaft zu landen. Diese Händler haben sich hier auf dem Naschmarkt von unten nach oben bewegt, zu den besseren Waren und höheren Preisen hin, weg von Lumpen und Altkleidern, und es ist ihre neue Sprache, die diesen Umzug ermöglicht hat.

An den schlechteren Plätzen entlang der Rechten Wienzeile, die sie hinter sich gelassen haben, sind sie unmittelbar von denen abgelöst worden, die noch nicht die Sprache des Flohmarkts beherrschen: von Russen, Armeniern, türkischen Völkern und dem einen oder anderen Chinesen. Aber noch öfter von Roma aus dem Balkan, deren gemeinsame *lingua franca* in Wien ebenfalls aus dem großen Schlachthaus der Sprachen stammt, (eine Art) gebrochenes Serbisch, das alle Leute vom Balkan untereinander benutzen können. Sobald sie mit Kunden zu tun haben, müssen auch sie versuchen, das dem Markt eigene Idiom zu sprechen, und alle Kunden werden dann unterschiedslos geduzt, eher aufgrund unzulänglicher Sprachkenntnis als aus Unhöflichkeit. Aber genau das entlarvt einen solchen Händler. Denn nur die eigene Muttersprache erlaubt ihm, den Kunden die Höflichkeit und den Respekt zu erweisen, die er mit seinem Deutsch nicht zustande bringt. Stattessen versetzt dieses Du, anstelle des Sie, den balkanesischen Händler zurück ins Glied jener Landsleute, die überhaupt kein Deutsch sprechen.

Sobald er den Mund öffnet, muss er wieder von vorn anfangen. So bleibt er in Wien, was er immer gewesen ist: ein Tschusch. Ein Zugereister wie ich, aber durch die Sprache an den alleräußersten Tellerrand von Wien verbannt.

Oft ist er dort von der Wiener Gesellschaft vollständig ausgeschlossen. Nur mit der Polizei hat er einen einigermaßen regelmäßigen Kontakt, einer Polizei, die ihn, wenn keine Zeugen zugegen sind, in der zweiten Person Singular anreden wird. Geduzt wird er, um mangelnden Respekt für Menschen wie ihn zu demonstrieren. Im schlimmsten Fall duzen Polizei und Händler einander schon von Anfang an, und nach einem solchen Auftakt dauert es selten lang bis zum ersten Schlag; wer dann wen schlägt, müssen wir uns nicht weiter ausmalen.

So taugt die Sprache des Flohmarkts nur dann zum Gespräch, wenn jeder von vornherein seinen Platz kennt und ihn nicht in Frage stellt. Auf die gleiche Weise müssen auch Robinson Crusoe und Freitag miteinander gesprochen haben, obwohl Daniel Defoe es dank der *licentia poetica* vorzieht, sie das als Ebenbürtige tun zu lassen.

Mit den Jahren habe ich gelernt, mich mit der proletarischen Seite des Flohmarkts zu duzen. Aber wenn ich dort statt (einer Art) Deutsch den Händler in seiner eigenen Sprache anspreche, werde ich sofort wieder zum Herrn; aus Du wird dann wieder Sie, als wohne Respekt und Höflichkeit ausschließlich in der eigenen Sprache und habe nichts mit meiner Person zu tun. Mit diesem Sie wird der Händler aufmerksam, oft spontan vertraulich; seine Gesten werden großzügiger und souveräner.

Mit seiner eigenen Sprache in Mund und Ohr gewinnt er selbst an Würde. Leider nimmt sich auch der Preis, den er verlangt, dann ernster aus, während es für mich als Kunde schwieriger ist, in seiner Muttersprache zu feilschen, als auf (eine Art) Deutsch.

Wenn ich mich von der proletarischen und billigen Seite entlang der Rechten Wienzeile zu der weniger billigen entlang der Linken Wienzeile bewege, verschwindet die für den Flohmarkt eigene Sprache bald. Etwa fünfzig Schritte, und sie ist nicht mehr in Gebrauch. Ich betrete hier eine andere Welt. Wo genau die Grenze verläuft, hinter der das Idiom des Flohmarkts weder gehört noch gesprochen wird, ist schwer festzustellen, aber zumindest in den drei letzten Reihen der Händler ist es selten. Stattdessen werden die Sprachen, die weiter rechts geschlachtet wurden, mit Wortschatz wie mit Satzlehre wieder aufleben. Vor allem gilt das für das Deutsche. Aber auch gepflegtes Ungarisch, Polnisch oder Tschechisch hört man mittlerweile auf der vornehmeren und teureren Seite des Flohmarkts.

Erfolgreiche Händler ziehen nach links. Sie tauschen sich nach oben. Ihre Waren und (ihre Art) Deutsch sind so viel besser geworden, dass sie zur anderen Seite hinüberwechseln können. Bereits vor dem Fall des Kommunismus haben die lokalen Wiener Händler entlang der Linken Wienzeile Gesellschaft von vereinzelten tschechischen, ungarischen oder polnischen Kollegen auf dieser besseren Seite des Flohmarkts bekommen, wo es sogar Glasvitrinen gibt und niemand seine Waren auf dem Boden ausbreitet. Auch mein russischer Teppichhändler ist zwei Reihen aufgerückt, eher aufgrund der Sprache als wegen der Qualität seiner Teppiche.

Auf dieser Wanderung von rechts nach links kommen ständig neue Sprachen hinzu: Serbisch, Rumänisch und einige türkische Sprachen haben in den letzten Jahren buchstäblich angefangen, in diese Richtung zu trotten; langsam, nur mit dem Geld vor Augen, bewegen sie sich von der Rechten zur Linken Wienzeile, ehe sie dort dem Deutschen weichen, ihrerseits von Sprachen abgelöst, die sowohl dem Ohr als auch dem europäischen Kontinent fremd sind.

Weit links ist das Deutsche fast Alleinherrscher. Die kleineren Sprachen haben sich brav hinten angestellt. Daran sind sie gewöhnt. In diesem Teil Europas existieren sie von Gnaden des Deutschen, und diese fremden und kleineren Sprachen werden mit leiser Stimme gesprochen; was nicht deutsch ist, tritt so auf, als wäre es sein größter Schutz, genügsam und unbemerkt zu bleiben. Nur die große russische Sprache, die auf dem Wiener Flohmarkt nicht besonders groß ist, diktiert ihre eigenen Bedingungen. Sie kennt keine Regeln. Vom Deutschen lässt sie sich weder zum Schweigen bringen noch übertönen; vielmehr spricht man das Russische auch entlang der Linken Wienzeile so laut und selbstsicher, als hätte das Deutsche sich danach zu richten.

So kann man jeden Samstag an den Ständen auf dem Wiener Flohmarkt die europäische Rang- und Hackordnung erhorchen, die das Ohr viel zuverlässiger als unsere anderen Sinnesorgane registriert, ganz zu schweigen von Statistiken und Tabellen. Manchmal schafft es eine Sprache sogar, den Sprung von der Seite des Verkäufers zu der des Käufers zu tun. Eine solche Verwandlung von Händler zu Kunden ist der endgültige Erfolg, und das Tschechische, Polnische und Ungarische sind nunmehr eher die Sprache der Kunden als die der Händler; eine Verwandlung von Unterklasse zu Oberklasse ist eingetreten, etwa fünfundzwanzig Jahre nach dem Fall des einst Eisernen Vorhangs.

Und welche zivilisatorische Standeszirkulation hat nicht der mazedonische Händler erlebt, der gelernt hat, die Kaffeetasse, die er verkaufen will, umzudrehen? Auf diese Weise verleugnet er zwar ihre Funktion, aber er lässt die Kunden sehen, was sie zu seinem Erstaunen mehr interessiert, als ob man aus der Tasse tatsächlich trinken kann: die beiden gekreuzten hellblauen Säbel, gekreuzt wie bei einer Schere, der berühmte Stempel, der zeigt, dass es sich um Meissener Porzellan handelt.

Der balkanesische Händler, der das Meissener Zeichen kennt, ist schon in Europa angekommen. Er hat gelernt, dass Alter und Herkunft wichtiger sind als die Verwendbarkeit eines Gegenstands, dass alles alt wirken muss, ohne es unbedingt zu sein. Er hat sich durch den Katechismus der Lobesworte gehangelt, der dem Flohmarkt eigen ist, und einige davon hat er auswendig gelernt: zuerst das Wort alt, danach billig, Original, echt, komplett, signiert, Unikat, ungebraucht beziehungsweise ungeöffnet, gestempelt, handbemalt und unbeschnitten. Er hat gelernt, dass ein Gegenstand wertvoller wird, wenn er »aus der Zeit« stammt, das heißt, dass er der richtigen Epoche angehört, und dass in Wien die Kaiserzeit (fast immer Franz Joseph), Biedermeier, Jugend oder »vor dem Krieg« (oft ungewiss, welchem) bessere Epochen sind als andere.

Denn nur in den Geschichtsbüchern sind die Kriege

vorbei. Auf dem Flohmarkt gehen sie weiter, der Erste Weltkrieg wie die anderen, und keine historische Gestalt kann es an Popularität mit Franz Joseph oder Adolf Hitler aufnehmen. Hier sind sie nie aus der Mode gekommen und regieren jenseits des Grabes und ihren Niederlagen weiter wie zuvor. In einer unendlichen Anzahl von Darstellungen und Variationen wenden sich die beiden noch einmal an ihre Untertanen, bitten um ihre Unterstützung oder preisen die Zukunft, zieren Bierkrüge, Dosen oder Brieföffner, starren uns aus Postkarten oder Kalendern an, und wem danach ist, der kann jeden Samstag ein Porträt in Glas und Rahmen kaufen, das den einen oder anderen der beiden zeigt, um es dann nach Hause zu tragen und an die Wand zu hängen.

Dass Franz Joseph und Hitler schon lange tot sind, hat sie nicht weniger lebendig gehalten. Nicht einmal Schule und Wissenschaft haben daran etwas ändern können. Die Geschichtsbücher halten sich vielleicht an die Fakten: Aber historische Fakten sind eine trockene und magere Kost, und der Flohmarkt leistet sich eine eigene Geschichtsschreibung, brutal und erschreckend beliebig, und vermag Gefühlen und Überzeugungen Ausdruck zu verleihen, die in den Geschichtsbüchern sonst gewöhnlich zu kurz kommen. Hier werden sie nicht zensiert. Erst an den Samstagen können wir daher die Geschichte ungeschminkt betrachten, so, wie sie wirklich aussieht, wenn sie nicht in Abhandlungen gesperrt und von politisch korrekten Fußnoten bewacht wird, was sogenannte gewöhnliche Leute darüber denken, was und warum etwas geschehen ist, die jeden Samstag damit beschäftigt sind, auf dem Flohmarkt die Scherben der Welt von gestern zu sammeln, um sich eine eigene und bessere daraus zu basteln.

Mit jedem Jahr steigt der Preis sprunghaft für alte Postkarten mit dem Bild des Kaisers. Auch der für Bilder, die Hitler darstellen, und für sein Autogramm. Und woher kommen all diese Hakenkreuze? All die Medaillen mit dem Relief des Kaisers? Die Vorräte scheinen unerschöpflich. Aber statt zu fallen, steigen die Preise. Schon eine einfache Parteinadel oder ein Eisenring, den jemand 1914 im Tausch gegen seinen Verlobungs- oder Ehering (»Gold gab ich für Eisen«) bekommen hat, kosten so viel, als wären sie Raritäten, obwohl sie immer noch ziemlich leicht zu finden sind. Solche Nadeln und Ringe werden zu Reliquien und Kultgegenständen in den privaten Welten, die man sich mithilfe der Eroberungen vom Wiener Flohmarkt baut.

Da aber die meisten Gegenstände ihre Besitzer überdauern, können sie durch ihre Anwesenheit auch Menschen, die nicht mehr leben, wieder lebendig machen. Der richtige Gegenstand hilft, unsere Lieben in Erinnerung zu rufen und sie, obwohl tot, noch für eine kurze Weile am Leben zu halten. Auch die einfachsten Dinge schaffen das. Und dennoch leben die Dinge gefährlich in der Welt der Menschen. Sie werden vernachlässigt und nehmen Schaden. Wir zerschlagen sie oder verlieren sie, aus Dummheit oder Schlamperei, verlegen oder vergessen sie in einer Schublade; bestenfalls können sie damit rechnen, gelegentlich abgestaubt oder geputzt zu werden.

Auch unsere Sinne gehen höchst unterschiedlich mit ihnen um. Ich gebe zu: Meine Ohren erinnern sich weit besser als meine Augen. Mit Nase, Zunge und Fingerspitzen erinnere ich mich an kaum etwas, und diese Vergesslichkeit der Sinne bereitet mir viel Kummer. Aber auf dem Flohmarkt habe ich auch wenig Verwendung für sie. Selten nehme ich samstags etwas in den Mund, fast nie stecke ich meine Nase in eine Schachtel oder eine Dose, und die Kerben, die die Fingerspitzen vielleicht am Rand des Glases ertasten, sind ziemlich unbedeutend, solange das Auge sie nicht entdeckt.

Mein bestes Sinnesorgan ist das Ohr. Der Wecker aus dem Hause Jaeger-LeCoultre, den ich von Onkel Acke geerbt habe, weckt jetzt mich und nicht mehr ihn. Seine Zeit ist um, meine immer noch da. Es ist eine altmodische mechanische Uhr, die mit großer Präzision die Zeit misst, jedoch mit einem so leisen Ticken, dass das Ohr es kaum wahrnimmt. Es zeugt von der Qualität der Uhr, ist aber zugleich beunruhigend. Dieses spröde Ticken ist der allerletzte Laut, der mich aus einer Welt erreicht, die es nicht mehr gibt, Mitteilungen aus meiner eigenen Vergangenheit, die mein nachlassendes Gehör mit immer größerer Mühe registriert. Onkel Acke hat diese Uhr auf seinem

Nachttisch all die Jahre die Zeit gemessen, allmählich so lautlos und unbemerkt, dass es ihn überrascht haben mag, als plötzlich auch seine eigene vorbei war. Onkel Acke starb im Schlaf, nur sein untadeliger Schweizer Wecker machte weiter.

Bei mir ist er jeden Samstagmorgen Schlag sechs zum Klingeln eingestellt. Mit einem schnarrenden Geräusch weckt er mich für den Flohmarkt, ein Geräusch, das mit ein paar metallischen Knacklauten erstirbt, wenn die Feder in seinem Inneren nicht mehr aufgezogen ist. Vielleicht wäre es übertrieben zu behaupten, ein solcher Wecker habe ein eigenes Leben über dieses mechanische hinaus, das meine Hand zur Unterstützung braucht. Aber jedes Mal weckt er zusammen mit mir auch die Erinnerung an den längst verstorbenen Onkel Acke wieder zum Leben; von mir wird nur verlangt, dass ich nicht vergesse, die Uhr mit der Schraube an der Rückseite jeden zweiten Tag aufzuziehen.

Während der letzten Jahre sind auch Lenin und Stalin auf dem Wiener Flohmarkt populär geworden. Sogar mein russischer Teppichhändler hat sich einen kleinen Vorrat an Lenin- und Stalinbüsten zugelegt. Sie sind neu, werden aber als »aus der Zeit« verkauft, falls der Kunde fragt. Gefragt wird jedoch selten. Stalin geht besser als Lenin. Warum, weiß mein Freund nicht, aber es kann damit zu tun haben, dass kaum einer von denen, die sich aus seiner Kindheit an Lenin erinnern, noch am Leben ist.

Auf einen solchen Stellenwert wie Franz Joseph und

Hitler können jedoch weder Stalin noch Lenin hoffen. Mit dem Kaiser und dem Führer kann sich nur Jesus Christus messen. Niemand anderes. Aber Jesus muss als ein Fall für sich gelten.

Und die Frauen?

Frauen sind hier selten. Die einzigen, die man mit Sicherheit jeden Samstag antreffen kann, sind die Kaiserin Elisabeth, Sisi genannt, und Maria, die Mutter Jesu.

Aber beide stehen im Schatten ihres Ehemanns beziehungsweise Sohnes.

Der Fahrer hatte unten am Wasser geparkt, vom Auto aus konnte man die Brücke zwischen Södermalm und der Gefängnisinsel Långholmen sehen. Über sie würde er kommen. Als der Fahrer verstand, dass man jemanden erwartete, der von der Insel über diese Brücke kommen sollte, hatte er seine Beflissenheit abgelegt, war steif und barsch geworden, gab nur einsilbige Antworten auf die Fragen der Großmutter, einer Dame aus Östermalm, die ihn aus diesem besseren Teil der Stadt in ein Stockholm hatte fahren lassen, wo nur sogenannte einfache Leute wohnten, und dies, um einen Menschen abzuholen, von dem man vermuten konnte, dass er ein Gefängnisinsasse war.

Eine solche Fahrt konnte man genauso gut niederträchtig nennen.

Der Junge blieb neben der Großmutter sitzen. Die

Großmutter hatte einen seiner Stöcke mitgenommen, den dünnen aus Ebenholz mit Silberkrücke. Der Fahrer hatte den Motor ausgeschaltet und war aus dem Auto gestiegen. Wirklich ein schöner Tag. Den Rücken seinen Fahrgästen zugekehrt, rauchte er eine Zigarette und stützte den linken Arm auf die Motorhaube, während er übers Wasser schaute. Gemeinsam warteten die Großmutter und der Junge auf Onkel Acke.

Das Wasser bewegte sich kaum sichtbar, sacht wiegte es hin und her. Eine leichte Brise kräuselte die Wasseroberfläche, die von Taubengrau zu einem bleichen Weiß wechselte, um sogleich wieder in Taubengrau umzuschlagen. Aber was da glitzerte und glänzte, war keine der beiden Farben, sondern ihre Verwandlung, der Augenblick, in dem das eine zum anderen wurde.

Der Fahrer wollte mithalten, blies blassgrauen Rauch aus Mund und Nase, der direkt in den Himmel stieg, sich dort aber sogleich auflöste und verschwand. Sein Schweigen hatte scharfe, unfreundliche Kanten; noch immer war er verärgert. Wie oft trügt doch der Schein. Solche Kunden bis hierher zu fahren, kränkte den Fahrer in seiner Ehre, aber erst unten an der Skeppsbron war er sich über sie klar geworden, viel zu spät. Vor dem leeren Vordersitz tickte der Taxameter unermüdlich weiter; plötzlich rasselte eine neue Zahl herunter.

Da kam er.

Onkel Acke trug einen kleinen Sack oder Beutel aus

etwas, das wie Segeltuch aussah. Der Fahrer musste sofort erkannt haben, dass der Mann, der sich rasch näherte, derjenige war, den man erwartete, und er warf die Zigarette weg. Schon von weitem hatte der Junge Onkel Acke erkannt, obwohl er abgemagert war, Sakko und Hosen flatterten um seinen Körper, auch wenn kein starker Wind über Wasser und Brücke wehte; wie er ihnen da entgegenkam, wirkte er wie ein anderer und fremder Mensch oder als wäre er nur zur Hälfte aus dem Gefängnis entlassen. Aber seine energische Art zu gehen war unverändert. Zusammen mit Onkel Acke war sie in der Zelle eingeschlossen gewesen und befand sich jetzt mit ihm wieder auf freiem Fuß, genau wie früher, die Schritte waren weder länger noch kürzer als damals.

Mitten auf der Brücke blieb Onkel Acke stehen und schaute über den Riddarfjärden hinaus. Er beugte sich über das Geländer und schaute hinunter aufs Wasser, wie wenn er dort etwas verloren hätte, als er vor zwei Monaten, allerdings in der entgegengesetzten Richtung, über dieselbe Brücke gegangen war. Dann richtete er sich rasch auf, blickte sich um, als wollte er einen letzten Abschied von diesem Ort nehmen, ehe er mit zielstrebigen Schritten das Auto erreichte und sich vorn neben den Fahrer setzte.

Onkel Acke drehte sich zu den beiden auf den Rücksitzen um, und der Junge konnte sehen, wie die Zeit in der Zelle seine Mundwinkel zu zwei schwarzen, abwärts weisenden Furchen verlängert hatte, wie die Nase angeschwollen war und jetzt mehr Platz im Gesicht beanspruchte als zuvor. Oder es war das Gesicht rings um die Nase, das im Gefängnis verschrumpelt war.

»Warum ist das Kind dabei?«

Die Stimme war rau, der Ton gereizt.

»Aber lieber Axel, heute ist doch Sonntag.«

Das stimmte. Es war Sonntag, obwohl der Junge auch an diesem Tag die Schulmütze trug. Der Fahrer saß steif und regungslos hinter dem Steuer und schaute geradeaus. Er ließ das Auto an, und die Großmutter bat ihn, zurück nach Hause in die Grevgatan zu fahren.

»Wie die Dame es wünscht.«

Auch der Fahrer trug eine Schirmmütze. Als Fahrer war er sicher mit manchem vertraut, die seltsamsten Leute können sich oft ein Taxi leisten, und wenn er nervös oder immer noch ärgerlich war, zeigte er es jedenfalls nicht. Mit beiden Händen umschloss er fest das Lenkrad. Jetzt hatte er vor, wieder Richtung Slussen zu fahren, aber Onkel Acke wollte von diesem Weg nichts wissen, über die Västerbron solle man fahren, und sofort tat der Fahrer, wie ihn Onkel Acke geheißen hatte, Gefängnisinsasse hin oder her, dieser Mann schien ihn beeindruckt zu haben, während die Dame auf dem Rücksitz es immerhin geschafft hatte, ihn hierherzulocken.

Der Fahrer wendete den Wagen auf der leeren Straße. Die Großmutter nahm die Hand des Jungen, unter dem

Schleier des Hutes glänzten ihre Augen fast so feucht wie das Wasser unter der Brücke, was kann nicht ein Ort wie Långholmen einem Menschen antun, und auch dieses Wiedersehen hatte sie sich anders vorgestellt, bestimmt hätte es ihr besser gefallen, Onkel Ackes Hand in der ihren zu halten als die des Jungen.

»War das wirklich nötig?«

»Was?«

»Den Jungen mitzubringen.«

Auch Onkel Ackes Stimme war schwer wiederzuerkennen, sanft kann der Aufenthalt in Långholmen weder mit ihr noch mit ihm umgesprungen sein, und der Junge hoffte, dass man bald zu Hause in der Grevgatan sein würde, wo all die Bilder, Kunstbücher und Pinsel ihn erwarteten. Bald würde Onkel Acke wieder von seinen geliebten Gegenständen umgeben sein, ein Buch aufschlagen oder ein Bild hervorholen können, um zu erklären, wie es einmal gemalt worden war und wie es verbessert werden könnte, und während er erklärte, würde das Heisere und Raue in seiner Stimme wieder weich und hell werden, denselben Glanz erhalten wie die großen Lederbände mit den Kunsttafeln im Bücherschrank, wenn der Junge sie mit Lappen und Bienenwachs geputzt hatte.

Du wirst ein richtig feines Sonntagsessen bekommen, flüsterte ihm die Großmutter vom Rücksitz aus zu. Aber so laut, dass der Junge und vielleicht sogar der Fahrer es hörte.

Onkel Acke schien sich nicht für das Essen zu interessieren, obwohl der Junge wusste, es stimmte, was die Großmutter sagte: Am Tag zuvor war er mit ihr in der Östermalmshallen gewesen. Zusammen waren sie von Stand zu Stand gegangen, und die Großmutter hatte gemustert, probiert und gefeilscht, während er einen immer schwereren Korb mit dem von ihr Ausgewählten tragen musste, um zu feiern, dass sie an diesem Sonntag zum ersten Mal seit zwei Monaten wieder zu dritt am Tisch sitzen würden.

»War es wirklich nötig, das Kind mitzubringen?«

Onkel Acke hatte sich festgebissen, zerrte und zog an dem, was ihn irritierte, noch war er mit dem Jungen nicht fertig.

»Lieber Axel, behandle ihn nicht wie ein Kind.«

»Nicht? Dann ist er jetzt also erwachsen?«

Onkel Acke drehte sich auf dem Vordersitz um. Die Glasscheibe zwischen Vorder- und Rücksitz war halb zur Seite geschoben, wie ein glotzender Fisch in einem zu kleinen Aquarium starrte er sie an, das Gesicht groß und nah, aufgedunsen von Demütigung und Ärger, ein Ärger über den Jungen, als sähe er ihn dort auf dem Rücksitz zum ersten Mal.

Aber die Großmutter ließ nicht locker.

»Das Kind versteht mehr, als du denkst.«

Hatte die Großmutter das wirklich sagen müssen? Ganz stimmte es ja auch nicht. Immer noch gab es vieles, was der Junge nicht einmal mit größter Anstrengung verstehen konnte, zum Beispiel wenn die Erwachsenen in seiner Anwesenheit über ihn sprachen, ohne ihn beim Namen zu nennen, als gäbe es ihn gar nicht. Aber es gab ihn. Er war ja da, seine Hand lag in der der Großmutter, und jedes Mal, wenn der Junge wie abwesend statt anwesend behandelt wurde, begannen seine Gedanken sich in einem zu engen Kopf unruhig wie ein Schwarm Fische zu bewegen, und seine Wangen röteten sich vor Anstrengung.

Ein Name war alles, was man brauchte. Ohne Namen gab es einen nicht. Man war niemand.

»Ach so, der junge Herr ist jetzt erwachsen.«

Onkel Acke klang nicht so, als wäre er davon überzeugt. Vor ihnen lag die Västerbron wie ein stählerner Katzenbuckel, hoch über dem, was nicht mehr der Saltsjön, sondern schon der Mälaren war. Linker Hand führte das Wasser tief ins Land hinein, rechter Hand hinaus aufs offene Meer, aber da unten zwischen süß und salzig lagen im Brackwasser die ältesten Teile von Stockholm auf ihren beiden Inseln; der hellblaue Frühlingshimmel über der Stadt schien auf den Türmen der Riddarholmskyrkan und der Tyska Kyrkan zu ruhen, der eine der beiden filigran, der andere streng und stramm, und mitten auf der Brücke ließ Acke den Fahrer anhalten.

Den Sack aus Långholmen hatte er bei sich auf dem Vordersitz behalten. Jetzt stieg er aus dem Auto, nahm den Sack und ging auf der Kuppe der Västerbron zum Geländer hin. Dort stürzten sich gewöhnlich die Selbstmörder in die Tiefe, wenn sie es nicht von dem Katarinahissen zwischen Södermalm und Gamla Stan taten. Am Geländer angekommen, hob Onkel Acke den Sack mit beiden Händen hoch und stieß ihn, eher als er ihn warf, von der Brücke. Vom Auto aus konnte der Junge sehen, wie der Sack fiel, aber nicht, wo er landete.

Wie Onkel Acke ihnen an diesem Sonntag schon auf einer viel kleineren Brücke entgegengekommen war, kehrte er sofort zum Auto zurück, nachdem das, was er zu tun hatte, erledigt war. Die Großmutter hatte das Fenster heruntergekurbelt. Onkel Acke atmete in schweren Stößen, der Junge sah, dass das weiße Hemd hier und da von Schweiß dunkel gefleckt war. Durch das heruntergekurbelte Autofenster steckte er den Kopf zum Rücksitz herein, der Schweiß stand ihm auf der Stirn, er rann an dem abgemagerten Hals entlang, der aussah wie bei den gerupften Hühnern in der Markthalle in Östermalm.

Aber der Junge wusste Bescheid: An diesem Sonntag würde Onkel Acke zu Hause in der Grevgatan weder einen Hahn in Wein noch Hühnchen serviert bekommen; Kaviar und Wachteln würde es geben, auch wenn sein verschrumpelter Gefängnishals gut dazu gedient hätte, einen Hahn- oder Hühnerkopf mit dessen geringem Verstand und begrenztem Platz für ein Gehirn zu tragen.

Plötzlich streckte er sich nach der Schulmütze des Jungen aus, bevor dieser sie mit seinen Händen retten konnte, machte auf dem Absatz kehrt, und zurück am Brückengeländer, warf er auch die Mütze ins Wasser.

In einem weiten Bogen segelte die Mütze durch die Luft, ehe sie aus dem Blickfeld verschwand wie schon vorher der Sack.

Die Hand des Jungen erstarrte in der der Großmutter. Das Unglück hatte ihn überrumpelt. Wie sollte er zu Hause erklären, dass die Schulmütze verschwunden war? Und am Montag in der Schule würde niemand ihm glauben, wenn er erzählte, wie es dazu gekommen war. Die Wahrheit über das Verschwinden der Mütze würde mit einer Ohrfeige bestraft werden: Lügen war hässlich.

Aber was würde er sagen können? Es gab so einiges, was wegkam oder verlorenging, ohne dass jemand es bemerkte, Verluste von zu unbedeutender Art, als dass sie Bestrafungen nach sich zogen oder auch nur ein schlechtes Gewissen machten. Ein Taschentuch. Ein Kamm. Belanglose Dinge ohne Bedeutung. Tote Dinge. Sogar ein Schreibheft und dazu fast alle Dinge, die der Junge als seine heimlichen Schätze betrachtete, die bunten Steine, Murmeln und Bilder von Film- oder Fußballstars, die seine kostbarsten Besitztümer waren, für die sich die Erwachsenen aber nicht interessierten, auch nicht, wie er sie bekommen und ob er sie durch Schlamperei oder Diebstahl verloren hatte.

Mit der Schulmütze war es anders. Sie gehörte ihm nicht wirklich, nicht wie andere Kleidungsstücke wie Hosen oder Strümpfe, die seine waren, ob er sie anhatte oder nicht. Mit der Schulmütze war es eine ganz andere Sache. Eine solche Mütze hatten ihm die Erwachsenen auf den Kopf gesetzt, damit die Welt sehen konnte, dass hier etwas nachwuchs, dass es Hoffnung gab, aus dem Träger einer solchen Mütze würde etwas Ordentliches werden, und die Schulmütze würde erst überflüssig werden, wenn dieses Etwas reif und ausgewachsen war.

Erwachsene trugen Hüte. Nur wenige hatten eine Mütze mit Schirm, nur Polizisten, Schaffner und Taxifahrer. Und jetzt war die Schulmütze des Jungen verschwunden, ohne sie fühlte er sich plötzlich unreifer und unfertiger als sonst, so wie der Taxifahrer wahrscheinlich ohne seine Mütze nicht mehr als ein Anfänger, ein nur halb ausgereifter Taxifahrer wäre. Aber die Mütze des Taxifahrers war an ihrem Platz, und dieselbe Vollendung strebte auch der Junge an, etwas Ganzes und Vollendetes, eine Lebensbahn, die Onkel Acke jetzt ein für alle Mal zerstört zu haben schien.

Die bessere Hälfte seines Lebens war weggeworfen worden. Ohne Mütze war der Junge zu ewiger Unreife verdammt, ein nicht fertig geknetetes Halbfabrikat. Ein Niemand. Hatte ihm Onkel Acke nicht erklärt, welche Katastrophe das Angefangene, aber niemals Abgeschlossene bedeutete?

Und jetzt schwamm seine Schulmütze im Mälaren, wo sie keiner wiederfinden könnte.

Schweigend fuhren sie heimwärts nach Östermalm. Die Großmutter hatte die Hand des Jungen losgelassen, aber schon als sie sich dem Kungsholmen näherten, hörte er, wie sie plötzlich anfing zu kichern. Auch Onkel Acke musste es gehört haben, denn auf einmal drehte er sich zum Rücksitz um und lächelte, dasselbe Lächeln, von dem der Junge gehofft hatte, er würde es zu Hause in der Grevgatan wiederfinden; aber es war schon hier, auf dem Kungsholmen. Die ganze Zeit muss er es dabeigehabt haben, auch während der Monate in Långholmen, und jetzt war die Zeit gekommen, es wieder hervorzuholen.

Der Fahrer fragte, ob er über den Kungsholmen und durch die Innenstadt fahren solle oder ob die Herrschaften den Weg über den Sankt Eriksplan und Valhallavägen vorzögen, und Onkel Acke sagte, natürlich Sankt Eriksplan, so weit weg wie möglich von dem schrecklichen Långholmen, und als sie an den Fridhelmsplan gekommen waren, bog der Fahrer deshalb nach links statt nach rechts ab. Dass sein Kunde das Gefängnis beim Namen genannt hatte, musste ihn wohl daran erinnert haben, was er selbst zum Thema Verbrechen und Haftanstalten auf Lager hatte, denn am Anfang der Sankt Eriksgatan begann der Fahrer zu erzählen, dass der Hausmeister in dem Haus, in dem er wohnte, seine Frau mit einem Hammer erschlagen hätte, ein richtiges Luder, sagte der Fahrer, aber dies nur zur Erläuterung, selbstverständlich sollte dies keine Entschuldigung des Hausmeisters sein, auch wenn man dem

Fahrer zufolge verstehen konnte, wie elend es ihm in einer solchen Ehe ergangen sei, und der Hausmeister hatte lebenslänglich bekommen, war dann aber schon nach ein paar Jahren wieder auf freiem Fuß, was für ein Glückspilz, sagte Onkel Acke, ja, nicht wahr, sagte der Fahrer, aber wie ist das möglich? Können Sie mir das vielleicht erklären, wie lebenslänglich zu drei Jahren werden kann?

Nichts ist mehr wie früher, sagte der Fahrer.

Wie wahr, sagte Onkel Acke, der statt Mord und Hammer Einkronenstücke zu Hilfe nahm, um zu zeigen, wie sich alles veränderte, sodass nichts mehr sei, wie es einmal war, unsere Einkronenstücke verlieren jetzt ihr letztes Silber, sagte er mit einer Stimme, als verkünde er den Untergang der Welt, in Zukunft werden die Einkronenstücke mit dem Bild des Königs überhaupt kein Silber mehr enthalten, nur absolut wertlosen Schrott, ist das wirklich möglich, fragte der Fahrer verdutzt, o ja, sagte Onkel Acke, wir müssen uns darauf gefasst machen, dass unser eigener Staat uns mit völlig wertlosen Münzen versorgt, etwas, was der Fahrer höchst empörend fand und fragte, ob es nichts gäbe, was man in dieser Angelegenheit unternehmen könne, was Onkel Acke sofort verneinte, nicht einmal der König selbst, fragte der Fahrer, nein, sagte Onkel Acke, nicht einmal der König selbst. Vielleicht hätte man zu Zeiten des alten Königs etwas machen können. Aber nicht mit diesem neuen.

Ehe man den Odenplan erreicht hatte, erlaubte sich

der Fahrer zu fragen, in welcher Branche der Herr Direktor tätig sei, und Onkel Acke antwortete, in der Kunstbranche, ich habe mein Leben der Kunst geweiht, sagte er, so feierlich, dass es dem Fahrer mächtig imponiert haben musste, der nach einer kurzen und fast andächtigen Pause erklärte, er als Taxifahrer habe natürlich eine viel bescheidenere Tätigkeit, Taxi zu fahren ist zwar kompliziert, aber nicht direkt eine Kunst, sagte er, doch er pflege die Statuen der Stadt zu bewundern, wenn er sozusagen dienstlich an ihnen vorbeifuhr, und außerdem versäume er selten, dem Wunschkonzert im Radio zu lauschen, bravo, rief Onkel Acke, man tut, was man kann, sagte der Fahrer stolz, aber auf die moderne Kunst verstehe ich mich überhaupt nicht, und Onkel Acke sagte, alles hat seine Zeit und seinen Platz, und nichts, was neu ist, muss besser sein als das Alte, und dann ging er dazu über, die verschiedenen Künste nach ihrem Rang zu ordnen, an erster Stelle stand, was Onkel Acke die Lebenskunst nannte, und dazu hatte der Fahrer nichts zu sagen, er nickte nur zustimmend, auf die Lebenskunst folgte die Kochkunst, darauf die Tonkunst, während die Bildkunst und die Wortkunst bedeutend niedriger standen, allerdings immer noch hoch über allem anderen, das den Anspruch erhob, als Kunst zu gelten, Fleischklöße mit Preiselbeeren, wenn Sie mich fragen, sagte der Fahrer, der wohl bei der Kochkunst stehengeblieben war, und darauf antwortete Onkel Acke nichts, kramte nur in seinen Taschen und räusperte sich, bei uns gibt es heute Kaviar und Wachteln, sagte der Junge auf dem Rücksitz.

Wachteln, fragte der Fahrer erstaunt. Stimmt, sagte die Großmutter. Heute feiern wir mit russischem Kaviar und Wachteln.

Der Fahrer saß eine Weile schweigend da, man war jetzt unten in der Odengatan und ganz nahe an der Roslagsgatan, und draußen auf dem Valhallavägen sagte der Fahrer, ein flotter Wurf, Herr Direktor, das mit der Mütze. Finden Sie, sagte Onkel Acke zufrieden und fragte, ob der Fahrer etwas dagegen hätte, wenn er im Auto eine Zigarre rauchte; die Großmutter hatte ihm ein paar kurze und fette zugesteckt, als er sich ins Taxi setzte. Das hatte der Fahrer nicht, und Onkel Acke streifte das Band von einer der Zigarren, biss hinein und fing wieder an, in seinen Sakkotaschen zu kramen, diesmal nach Streichhölzern.

Kinder glauben heutzutage, sie hätten nur Rechte, sagte der Fahrer. Keine Pflichten. Ich habe selbst Kinder, fügte er hinzu. Alle drei wollen nicht erwachsen werden.

Da haben Sie vollkommen recht, sagte Onkel Acke, zu unserer Zeit war das anders, und auch dazu nickte der Fahrer, ganz anders, obwohl es lange her ist, sagte Onkel Acke, und noch einmal wandte er sich mit einem Lächeln der Großmutter und dem Jungen auf dem Rücksitz zu, und auf den Jungen zeigte er mit der Zigarre und sagte, ritsch-ratsch fillibom-bom-bom, es klang, als wollte er die königliche Wache imitieren, die zu Pferd und mit Musik sonntags um diese Zeit zur Wachablösung am königlichen Schloss unterwegs war, und der Junge hörte, wie die Großmutter neben ihm wieder kicherte. Onkel Acke hatte angefangen, seine Zigarre zu paffen, aber auch er lachte, so gut wie es eben mit der Zigarre im Mundwinkel ging, vielleicht mehr ein Glucksen als ein richtiges Lachen, ob mit oder ohne Zigarre war es doch klar, dass zwei Erwachsene sich über ihn lustig machten und dass auch der Fahrer es sich erlaubte, auf Kosten des Jungen mit ihnen zu lachen.

Was für ein kleiner Dummkopf, sagte der Fahrer.

Aber Onkel Acke paffte weiter an seiner Zigarre, hatte jedes Interesse an Kindererziehung verloren, nahm den Jungen nicht einmal in Schutz. Vor der Tür des Hauses in der Grevgatan stieg der Fahrer aus dem Auto und öffnete erst der Großmutter, dann Onkel Acke die Tür. Von einer Bezahlung wollte er nichts wissen. Es sei eine Ehre und ein reines Vergnügen gewesen, solche Herrschaften zu chauffieren, aber Onkel Acke protestierte sofort, nahm die Zigarre aus dem Mund und sagte, *non possumus*, und da der Fahrer nicht verstand, was der Junge sofort als Latein erkannt hatte, erklärte Onkel Acke, *non possomus* sei Latein und das, was die katholische Kirche sagt, wenn etwas vollkommen ausgeschlossen ist und sich absolut nicht machen lässt.

Diese plötzliche und ganz unerwartete Nähe zu einer so mächtigen Institution wie dem Vatikan ließ den Fahrer, obwohl vermutlich Lutheraner, den Mund schließen und vor Ehrfurcht, allerdings mit großer historischer Verspätung, sich seiner Autorität beugen.

Na dann, sagte er und nahm den Geldschein, den die Großmutter ihm reichte.

Wieder zu Hause in der Grevgatan, half der Junge beim Tischdecken, während die Großmutter sich in der Küche um die Dose mit Kaviar und die Wachteln kümmerte. Diesem Kaviar gegenüber war der Junge misstrauisch; kohlschwarz und ölig sah er aus, wie eine Medizin, und der Junge fragte sich, ob es wirklich wahr sein konnte, dass er so teuer und den ganzen Weg von Russland gekommen war. Glücklicherweise hatte die Großmutter nur eine kleine Dose gekauft. Onkel Acke hatte sich in sein Zimmer zurückgezogen. Nachdem der Junge alle Teller und Gläser an ihren Platz gestellt, das Besteck richtig aufgereiht und für jeden eine Leinenserviette zu einem länglichen feierlichen Dreieck gefaltet hatte, klopfte er an Onkel Ackes Tür.

Onkel Acke stand am Fenster zur Grevgatan und feilte sich die Nägel. Leise summte er einen Schlager, der von Vögeln und Bienen handelte. Ohne aufzusehen fuhr er mit dem Feilen fort. Dann blickte er plötzlich auf:

»Magst du eine Zigarre?«

Als Onkel Acke da am Fenster stand, konnte der Junge sehen, wie bleich er war, die Haut wie aus knochenweißem, halb durchsichtigem Porzellan, der Anzug zerknittert und staubig. Er sah, dass Onkel Ackes Körper weniger Platz in dem Anzug beanspruchte als vor zwei Monaten, ein Körper, der jetzt mehr als genug damit zu tun hatte, sich aufrecht zu halten, der nach dem Gefängnis noch nicht im normalen Leben angekommen war, obwohl er auch in besserem Zustand die Sonne und wohl auch die Zärtlichkeiten der Großmutter scheute, all das, wovon ein Kind nichts weiß, es aber ahnt.

Der Junge sagte, er rauche nicht.

»Aber irgendwann musst du ja damit anfangen.«

Onkel Ackes Stimme war wieder sanft. Sie klang wie früher, genau wie der Junge es erhofft hatte. Nichts hatte sich verändert. Trotzdem war zu hören, dass er eher enttäuscht als erstaunt war. Alles muss ja einen Anfang haben: Kinder kommen trotz allem nicht rauchend auf die Welt, und wer darauf abzielt, als Erwachsener ein Zigarrenraucher zu werden, hat keine Zeit zu verlieren, kann nicht früh genug damit anfangen. Auch ein Kind müsste es verstehen. Zu einer Zigarre nein zu sagen, wäre ebenso gedankenlos wie unreif, und Onkel Acke legte die Nagelfeile zur Seite, zog eine Zigarre aus der Jackentasche und musterte sie gründlich, als suchte er aus nächster Nähe nach einem Fehler, der erklären könnte, warum der Junge sein Angebot zurückgewiesen hatte.

Da er aber keinen fand, steckte er sie wieder ein.

Auf die Staffelei hatte Onkel Acke ein Bild gestellt. Der Junge erkannte es sofort. Es war das Gemälde, das Onkel

Acke P. C. Ducray zugeschrieben hatte, die drei Männer um einen Tisch versammelt und ein vierter, der mit einer Pfeife im Mund von außen durch das Fenster spähte, das zum Garten hin offen stand. Der Mann mit der Pfeife stand im Garten, beugte sich zum Fensterbrett vor und schaute in das Zimmer, in dem die anderen saßen. Unter dem Tisch erkannte der Junge auch den Hund, diesen chinesischen Mops, den Onkel Acke eigenhändig dorthin gemalt hatte. In den Monaten vor Långholmen hatte er ja daran gearbeitet, Ducray zu verbessern, war aber nie ganz zufrieden gewesen und hatte wohl auch keinen Käufer für das Bild gefunden. Jetzt schien er bereit, sich wieder damit zu befassen.

Aber als der Junge das Bild auf der Staffelei näher betrachtete, konnte er sehen, dass es nicht dasselbe Bild war wie zuvor. Ducrays Bild hatte sich auf entscheidende Weise verändert. Onkel Acke musste ohne die Hilfe des Jungen daran weitergearbeitet haben, ehe Långholmen dazwischengekommen war. Denn derjenige der Männer, der wie ein Pfarrer aussah, hielt keinen Brief mehr in der Hand: Aus dem Brief waren ein paar Spielkarten geworden, eine Karo-Vier und einen Pik-Buben konnte der Junge deutlich erkennen. Aber mit ebenso nachdenklicher Miene, wie der Pfarrer zuvor der Brief gelesen hatte, grübelte er jetzt über dieser Handvoll Karten, während er sich mit der anderen Hand übers Kinn strich. Auch was sich vorher auf dem Tisch befunden hatte, war verschwunden;

Onkel Acke musste Karaffe und Gläser zusammen mit dem Teller mit Aufschnitt übermalt haben. Auch Brot und Tomaten waren verschwunden. Stattdessen lagen auf dem Tisch jetzt Spielkarten. Vermutlich gehörten sie den Kumpanen, die dem Pfarrer gegenübersaßen, und die ihn fortwährend mit demselben erwartungsvollen Interesse betrachteten wie einst, als es ein Brief war, den er in der Hand hielt, und keine Karten. Während es zuvor so ausgesehen hatte, als lese der Pfarrer ihnen aus dem Brief vor, weil sie das selbst nicht schafften, glichen sie jetzt zwei Falschspielern. Nur der Mann vor dem offenen Fenster hielt sich wie zuvor an seine Kreidepfeife: Mit derselben spöttischen Miene sah er dem Jungen direkt in die Augen, als hätte er seit zweihundert Jahren dort am Fenster gestanden und gerade auf ihn und diesen Augenblick gewartet.

Der Junge war verwirrt. Durfte man so etwas machen? Mit einem Pfarrer? Durfte man ihm mithilfe eines Malerpinsels Spielkarten statt eines Briefs in seine Hand drücken? Gab es keine Grenzen dafür, was die Kunst sich erlauben konnte? Danach hätte er gern gefragt. Nach den Grenzen der Kunst – und nach seiner Schulmütze. Er traute sich aber nicht.

Und dennoch war die Schulmütze wichtiger als die Kunst. Ohne sie war er niemand. Ohne sie würde er sofort zu wachsen aufhören; was sich mit der Mütze auf dem Kopf noch im Wachstum befunden hatte, war von nun an dazu verurteilt, schief und krumm zu werden, einem Zwerg, ja einem Krüppel gleich. Aus ihm würde nichts mehr werden. Es fühlte sich an, als wäre weniger eine Schulmütze als er selbst von der Västerbron geworfen worden, um im Mälaren zu ertrinken. Dort war er auf den Grund gesunken, in einem Wasser, weder süß noch salzig, sein Leben hatte jäh geendet, ehe es überhaupt angefangen hatte, und dass er jedoch zu feige gewesen war, um nach der Mütze zu fragen, war noch schlimmer.

Wie sollte man ohne Mut leben können? Ohne Mut entstand keine Kunst. Fast jeden Sonntag pflegte Onkel Acke darüber zu sprechen, wie die Kunst mutige Menschen brauche, die sie ausübten, und dass alle anderen Dilettanten seien, wie er diejenigen nannte, die so vielversprechend mit ein paar schwindelerregend kühnen Pinselstrichen ein Gemälde beginnen konnten, ohne mehr zustande zu bringen als das, was allzu oft schon viel besser von anderen Künstlern gemalt worden war: also von echten, mutigen.

Und genau wie einem solchen Dilettanten, das war bestimmt ein lateinisches Wort, fehlte es ihm an Mut. Dass er faul war, wusste der Junge schon; sowohl sein Vater als auch die Lehrer in der Schule nannten ihn faul, keineswegs unbegabt, aber zu faul, um aus seiner mäßigen Begabung etwas zu machen, und da war er wieder, dieser Dilettant, der laut Onkel Acke nur allzu oft den Pinsel weglegte, ehe er mit dem fertig war, was er vor sich auf der Staffelei hatte. Der Junge ahnte, dass die Staffelei der schwarzen Tafel in der Schule nicht ganz unähnlich war und dass er eben diesen Dilettanten glich, wenn er sich im Klassenzimmer danach sehnte, die Uhr möge zur Pause klingeln, alles möge vorbei sein, obwohl es noch nicht fertig war.

Ja. Aus Faulheit gepaart mit Feigheit konnte nur ein sogenannter Dilettant hervorgehen.

So sah das Leben aus, das nach diesem Sonntag vor ihm lag.

Nach alldem hätte er Onkel Acke fragen wollen. Und nach dem Mops unter dem Tisch, von keinem anderen als Onkel Acke selbst dorthin gemalt, der aber im Namen der Kunst wohl nicht an seine eigene Kreatur dachte, als er alles Essbare oben auf dem Tisch übermalt hatte. Keine Essensreste würden vom Tisch auf den Boden fallen; nichts anderes als eine Spielkarte oder zwei, nicht von Interesse für ein ausgehungertes Tier.

Aber nach einem langen Tag mit leerem Magen war er jetzt selbst hungrig und neugierig auf all diese Vögel in Großmutters Küche, die er noch nie gesehen oder gegessen hatte. Wachteln. Was für Geschöpfe waren sie? Sangen sie besser als die anderen? Waren es Vögel, die weite Strecken zurücklegten? Oder die sich stumm und ängstlich auf den Boden duckten?

Selbst gerupft und geköpft waren sie schön. Bestimmt schmeckten sie auch gut. Aber genau das wollte er jetzt herausfinden; nicht einmal der als Vorspeise auf dem Teller servierte russische Kaviar, der ordnungsgemäß aufgegessen werden musste, konnte die Neugier, ja die Freude des Jungen dämpfen, dass er an diesem Sonntag bald das erste Stück eines bisher vollständig unbekannten Vogels in den Mund stecken dürfte.

Der russische Händler war an ein paar orientalische Töpfe und Krüge gekommen, von denen er nichts verstand, Porzellan war immerhin etwas ganz anderes als Teppiche, und so nahm er die Gelegenheit wahr, mich zu fragen, wozu sie verwendet worden waren und ob sie einen Wert hätten. Seitdem ich ihm einen Teppich abgekauft und er versucht hatte, meinen P. C. Ducray zu ergattern, hielt er mich für einen Spezialisten auch für Dinge, von denen ich nicht die geringste Ahnung hatte.

Wie so oft im Winter blies ein böiger, kalter Wind über den Wiener Flohmarkt. Der Russe trug eine Pelzmütze mit Ohrenklappen, schien aber trotzdem zu frieren. Die Zeichen auf den Töpfen hielt er für chinesisch; kraftvolle, fast grobe Schriftzeichen in Dunkelblau vor einem Hintergrund, der hellblau war wie ein früher Sommerhimmel.

Ob ich sie vielleicht entziffern könne?

Das konnte ich nicht. Aber ich wusste, dass die drei Töpfe von der Art waren, die im 19. Jahrhundert dazu verwendet wurden, um Tee oder Ingwer von China nach Europa zu verfrachten. Doch fehlte allen dreien der Deckel. Ohne Deckel würden sie schwer zu verkaufen sein. Der Wert war entsprechend gering. Und waren sie wirklich echt? Aber das war nur ein Flohmarktreflex. Wer würde so was fälschen?

Der Russe bestätigte, dass wohl niemand mehr Tee oder Ingwer in chinesischen Tonwaren verwahrte, war aber überzeugt davon, dass die Töpfe oder Krüge bestimmt als Vasen oder Dekorationsstücke taugten. Dann würde niemand die Deckel vermissen. Mit ein wenig Glück würde er sie schon loswerden.

Blau ist die Farbe der Hoffnung, sagte ich. Oder die Farbe des Verlorenen.

Das ist dasselbe, sagte er. Wer alles verloren hat, dem bleibt nur noch die Hoffnung. Aber viel öfter stirbt sie erst, wenn alles schon verloren ist. So ist es mit der Hoffnung.

Der Russe klang, als spreche er aus eigener Erfahrung, nicht über chinesische Keramik. Dann fragte er, was er für seine Krüge verlangen könnte.

Ohne Deckel sind sie so gut wie unverkäuflich, sagte ich.

Vielleicht glaubte er jetzt, dass ich seine chinesischen Krüge schlechtredete, um dann ein schändliches Angebot zu machen, dass ich ihn mithilfe meiner geheimen Kenntnisse eines Sachkundigen zu überlisten versuchte. Aber ich blieb dabei: Ohne Deckel wären die Gefäße keine richtigen Tee- oder Ingwergefäße, stattdessen etwas Provisorisches oder sogar Defektes, und wie alles Unfertige so gut wie wertlos.

Für alle drei zusammen könnte er vermutlich fünfzig Euro verlangen.

Sie sind zu streng, sagte er traurig. Ich habe ja Kinder zu Hause, die ich ernähren muss.

Streng? Eher fehlt es mir an Phantasie.

Das kommt auf dasselbe raus, sagte der Russe.

In meiner Kindheit, fuhr ich fort, hatte ich viel mit China zu tun. Als kleiner Junge saß ich hinter einem Paravent, und man beschäftigte mich damit, Kunst zu verbessern. Der Paravent war chinesisch. Mein Lehrmeister war ein großer Chinakenner, obwohl er das Land nie bereist hatte. Ich für mein Teil wollte am liebsten nach Afrika. Heute ist mir aber China wichtiger. Wissen Sie vielleicht, wie viele Nuancen von Schwarz es in China gibt?

Das wusste der Russe nicht, nur, dass er diese Farbe nicht besonders mochte. Vielleicht hatte es sogar etwas mit China zu tun. Er erzählte, sein Vater zu Hause in Leningrad habe gefürchtet, die Chinesen würden wie einst die Mongolen oder Tataren über Russlands Grenzen hereinschwappen und das Land unterjochen. Dafür hätte es nicht viel an Truppen und Anstrengungen gebraucht, da der Russe allgemein gutgläubig und träge sei, wenn nicht sturzbetrunken. Und jetzt wären die Chinesen an der Reihe.

Sich mit Wodka bewusstlos zu betrinken, das ist nur etwas für richtige Russen, sagte er. Nicht für unsereins.

Sein Vater habe nichts als Tee getrunken, und zwar immer aus einem Glas. Einmal sei ein höherer Beamter vom Arbeitsplatz des Vaters vorbeigekommen, ein Vorgesetzter, um ein paar Papiere zu holen, man habe ihm in der Küche Wodka, marinierte Pilze, Salzgurken und eine Fischkonserve aufgetischt. Und der habe fast die ganze Flasche allein ausgetrunken, mein Vater trank ja nur Tee, sagte der Händler. Der Mann sei bis Mitternacht geblieben, und ehe er ging, habe er sich auf einem Bein auf den Tisch gestellt und wie ein Hahn gekräht.

So waren die Zeiten, sagte der russische Händler.

Gott sei Dank sei die Mutter früh schlafen gegangen. Sie war sowieso der Überzeugung, Männer würden nur Unfug anrichten und seien unfähig zu jeder Art Entwicklung oder Besserung. Beim Mann folge die Senilität direkt auf die Pubertät, und ihr Sohn meinte, in diesem Punkt habe sie nicht ganz unrecht gehabt. Jedenfalls hätten die wichtigen Papiere, die der hohe Staatsbeamte hatte abholen wollen, noch auf dem Küchentisch gelegen, als er gegangen war. Nachdem dieser in die Nacht verschwunden war, habe der Vater dem Sohn eine Ohrfeige gegeben. Ein furchtbares Unrecht, weshalb diese Ohrfeige weiterhin schmerzte, obwohl es schon so lange her war und die Ohrfeige eigentlich einem anderen gegolten hatte. Nie habe er dem Vater verzeihen können, dass er seinen eigenen

Sohn geschlagen hatte, statt den zu bestrafen, der es verdient hatte.

Seinen eigenen Chef wagte er nicht zu schlagen, sagte der Russe.

Hattet ihr Schulmützen in Leningrad?, fragte ich. Ich meine, damit man sehen konnte, dass sich da etwas im Wachsen befand?

Das Gesicht des Russen hellte sich auf, freilich hatte er eine Schulmütze gehabt. Eine mit Schirm und weichem Hutkopf, anders als diejenige, die in der Schule ein paar Häuserblocks weiter getragen wurden, sodass leicht zu sehen war, wer wohin gehörte und aufgrund der falschen Mütze Prügel verdiente, Schlägereien, die manchmal so gewalttätig wurden, dass das Blut aus Nase und Ohren floss und einmal sogar eine große Schaufensterscheibe zu Bruch ging. Erst danach wurden die Schulmützen per Dekret verboten. Dennoch hatte nicht einmal ein solches Verbot die Schlägereien beenden können, die ohne Mützen auf dem Kopf weitergingen. Und dass aus ihm etwas geworden sei, ließe sich wohl kaum sagen: Nun stehe er seit mehr als zwanzig Jahren jeden Samstag hier an seinem Stand auf dem Flohmarkt, das sei ja wohl Beweis genug.

In Leningrad war ich ein Lümmel, sagte er. In Wien bin ich ein Niemand geworden.

Ganz sicher, ob der Russe die Wahrheit sagte, war ich mir nicht. Es klang eher wie ein Bericht aus einer englischen Internatsschule als aus dem kommunistischen

Leningrad. Vielleicht hatte er das alles irgendwo in einem der Bücher seines Vaters gelesen.

In Wien, sagte der Russe traurig, während er, vielleicht aufgrund der Kälte, jetzt zu seinem Wodka zurückkehrte, wäre eine solche Geschichte ganz undenkbar gewesen. Auch hier wird natürlich einiges getrunken. Flaschen werden geleert. Papiere werden vergessen oder verschwinden, aber keinem fällt es plötzlich ein, auf einen Tisch zu steigen und wie ein Hahn zu krähen. Die Wiener tun sowas nicht.

Während er von der verlorenen Schulmütze und dem hohen Beamten auf einem Küchentisch in Leningrad erzählte, hatte er angefangen, die Teekrüge (wir hatten uns auf Tee statt Ingwer geeinigt) in zerknitterte Plastiktüten zu verpacken, nachdem er sie zuvor sorgfältig in Zeitungspapier eingeschlagen hatte. Zuerst dachte ich, es hätte etwas mit dem Wiener Winterwetter zu tun; sicherheitshalber wollte der Russe schon einpacken, was zerbrechen könnte. Dieser frühe Vormittag war ungewöhnlich kalt und windig, der Wind kam in plötzlichen Stößen, zog und zerrte an den großen Schirmen und den Plastikfolien auf den Tischen der Händler. Nur allzu oft reißt der Wind dabei Stände um, sodass die Gegenstände umkippen oder sogar zerschlagen werden, oder er spannt die Folie zu einem schwellenden, bauchigen Segel, als wolle er ganze Stände mit allem Drum und Dran zu einem ganz anderen Ort mitnehmen.

Ohne Vorwarnung folgte an diesem Morgen Windstoß auf Windstoß, eilig und fluchend klappten die Händler ihre Schirme zusammen, die Kunden hielten ihre Hüte und Mützen fest; irgendwo vom anderen Ende des Flohmarkts her hörte man Schreie und das Geräusch von zerbrochenem Glas und Porzellan. An diesem Samstagmorgen schlug der Wind kaputt, was die Zeit noch nicht vernichtet hatte.

Der Russe hatte die drei chinesischen Teekrüge vor sich auf den Klapptisch gestellt.

Vierzig, sagte er plötzlich. Für alle drei. Ich mache Ihnen einen Sonderpreis.

Ich versuchte ihm zu erklären, dass ich immer noch nicht interessiert war. Aber der Russe hatte sich entschlossen und hörte mir nicht zu.

Ich gehe jetzt nach Hause, sagte er. Dieser Wind macht mich krank. Meine Finger sind schon ganz steif gefroren. Ich halte das nicht mehr aus. Sie sagten fünfzig. Jetzt bekommen Sie alle drei für vierzig.

Der Russe hatte mir beide Hände entgegengestreckt, die Knöchel waren weiß, und er hatte es fertiggebracht, mir einen Preis vorzuschlagen, der niedriger war als meine Schätzung, das ließ sich nicht leugnen. Fünfzig hatte ich jedoch nur gesagt, um ihn nicht zu kränken. Ich brauchte keine Blumenvasen, und die Wahrscheinlichkeit, Deckel für die Krüge zu finden, war verschwindend gering.

Verkaufen Sie sie an einen Chinesen, sagte ich.

»Vierzig für alle drei. Sie können sie zurückbringen, wenn Sie es sich anders überlegen.«

Ich hatte keine Wahl, es war eine Niederlage, aber ich gab ihm das Geld. Der Russe fing an, seine unverkauften Sachen einzupacken. Es war wirklich kalt und unangenehm, und ich wollte nach Hause.

Wie heißen Sie eigentlich, sagte ich. Ich meine, wir kennen uns lange genug, aber ich weiß Ihren Namen nicht.

Mit seiner Ware beschäftigt, machte er eine abwertende Handbewegung.

Einen Namen braucht man fürs Amt, antwortete er. Oder im Pass. Aber Sie können mich Schlomo nennen.

So kam es, dass ich den Naschmarkt an diesem Samstag mit drei chinesischen Keramikkrügen verließ, die ich nicht brauchte, für die ich aber vierzig Euro bezahlt hatte, obwohl ich davon überzeugt war, dass sie so gut wie wertlos waren.

Zu Hause fand ich keinen Platz für sie. Die Töpfe waren leer. Aber mir fiel nichts ein, womit ich sie hätte füllen können, obwohl sie auf den ersten Blick zu allem Möglichen geeignet schienen. Wenn ich die Nase hineinsteckte, dufteten sie nicht einmal nach Tee. Auch nicht nach Ingwer. Vermutlich waren sie schon viele Male gescheuert und ausgespült worden, oder der Gang der Zeit hatte ohne die Hilfe von Seife und Wasser alle Düfte ausgelöscht. An der Außenseite war die Glasur ganz glatt; wenn ich aber die Hand hineinsteckte, fühlte sich die unbehandelte Innenseite rau und körnig an. Vor allem aber fehlten die Deckel, und das, was fehlte, störte mich mehr als das, was es gab.

Was sollte ich mit den Krügen anfangen?

Später an diesem Samstag dachte ich an meinen Vater, der sein ganzes Leben lang alles bekämpft hatte, was nicht von unmittelbarem Nutzen war, der versucht hatte, sich vor allen unnötigen Sachen dieser Welt zu hüten. Und ich dachte daran, wie ich selbst in diese Welt der Dinge eingeschult worden war, der er so tief misstraut hatte, doch ohne etwas zu erreichen, was als Examen hätte gelten können. Ich dachte daran, wie ich selbst dann sitzengeblieben war, ungefähr wie auf seine Art der Russe, der mir die Töpfe verkauft hatte.

Und ich dachte daran, wie mit der Zeit aus meinem eigenen Heim ein Lager genau solcher unnützer Gegenstände geworden war, die mich unendliche Mühe, Zeit und Geld gekostet hatten und die ich zu Sammlungen geordnet hatte, nur um sie bald zu vergessen oder ihrer überdrüssig zu sein; ich dachte an all diese einzigartigen und seltenen Gegenstände, die, falls ich sie zu verkaufen versuchte, wohl in weniger als einer Viertelstunde zerstreut wären und mir einen Bruchteil von dem einbringen würden, was sie mich einmal gekostet hatten.

An all das dachte ich.

Und während des Nachdenkens musste ein Entschluss gereift sein, eher unbewusst als bewusst, schicksalhaft hätte man es auch nennen können, wenn nicht ein Wort wie Schicksal mir genauso leer erschienen wäre wie jeder meiner chinesischen Töpfe.

Vorsichtig begann ich sie wieder einzupacken.

Dann stellte ich die Krüge auf den kaukasischen Teppich im Flur.

Am nächsten Samstag würde ich sie alle drei Schlomo zurückbringen.